中国短经典

范小青 著

哪年夏天在海边

人民文学出版社

图书在版编目(CIP)数据

哪年夏天在海边/范小青著.—北京:人民文学出版社,2018
(中国短经典)
ISBN 978-7-02-014234-7

Ⅰ.①哪… Ⅱ.①范… Ⅲ.①短篇小说-小说集-中国-当代 Ⅳ.①I247.7

中国版本图书馆 CIP 数据核字(2018)第 087680 号

责任编辑　朱卫净　杜玉花
装帧设计　高静芳

出版发行　人民文学出版社
社　　址　北京市朝内大街 166 号
邮政编码　100705
网　　址　http://www.RW-cn.com

印　　制　上海利丰雅高印刷有限公司
经　　销　全国新华书店等

字　　数　138 千字
开　　本　890 毫米×1240 毫米　1/32
印　　张　7.25
版　　次　2018 年 9 月北京第 1 版
印　　次　2018 年 9 月第 1 次印刷

书　　号　978-7-02-014234-7
定　　价　49.90 元

如有印装质量问题,请与本社图书销售中心调换。电话:010-65233595

目录

鹰扬巷	001
在街上行走	011
我们的战斗生活像诗篇	025
我们的朋友胡三桥	045
城乡简史	067
右岗的茶树	091
我们都在服务区	123
生于黄昏或清晨	149
寻找卫华姐	171
我们的会场	193
哪年夏天在海边	211

鹰扬巷

太阳暖暖地照在墙上,照在地上,老太太在院子里晒太阳,她们的脸被太阳晒得有些红润起来,有一个小孩跑过来说,汤好婆,外面有个人找你。

找我吗,汤好婆说,谁找我呢。

小孩说,我不知道,是一个老头。

有一个老太太笑了,她没牙的嘴咧开,像孩子一样笑。

那个老人已经走进来了,他戴着一顶鸭舌帽,样子有点像小青年,他站在老太太面前有一点手足无措的,因为有太阳光,他只好眯着眼睛。

老太太有些昏花的目光都投到他的脸上,他的脸有一点红了,他说,我找黄夫人,她姓汤,她自己是姓汤的。

一个老太太笑了笑。

汤好婆也有一点点难为情,你找我吗,她说,我姓汤。

噢，老人高兴地说，我找到你了，你是黄夫人。

汤好婆没有认出他是谁，你从哪里来？她问道。

我吗，老人说，我从火车站来的。

你刚下火车吗？

是的，他从口袋里摸出一张名片，递给汤好婆，这是我的名片，我姓麦。

噢，汤好婆看了看名片，但是她看不清名片上的字，我去拿眼镜，她说，你到屋里坐一坐。

卖，有姓卖的？一个老太太说。

老人跟着汤好婆进屋去，一个老太太说，天要下雪了。

另一个老太太说，太阳这么好，会下雪吗？

会的，一个老太太说，冬天总是要下雪的。

汤好婆戴了眼镜看清了老人的名字，我仍然想不起你是谁，汤好婆有些抱歉，她说，人老了，记性会差的。

你不知道我的，老人说，我们没有见过面，你也不会知道我的名字。

噢，汤好婆说，你刚才说，你刚下火车，你从哪里来？

从南方。

你要到哪里去？

到北方。

北方，是北京吗？汤好婆说。

是北京，我在北京谋了一份差事，我现在就是坐火车去北京做事的，老人说。

北京，汤好婆说，我年轻的时候，跟着先生住过北京的，北京是个大地方，其实冬天也不太冷。我知道的，老人说，你们住北京我知道的。

汤好婆先是有些奇怪，但后来她想通了，她说，你从前和我们黄先生熟悉的。

不熟悉，老人说，其实我也没有见过黄先生，只是久仰先生的大名，却一直无缘见到。他老早就去了，汤好婆说，有四十多年了。

我知道的。

你说你坐火车到北京去，汤好婆说，那你是中途下车来的。

是的。

你专门下了火车来找我，汤好婆有些疑惑地说。

我是事先打听了你的地址，才找得到，老人说，我很早就知道你回家乡了，但是一直不知道你住在哪里的，后来才打听到。

这地方小街很多的，不太好找，汤好婆说，难找的。

倒也不难，老人说，这个鹰扬巷，很多人都晓得的，到底黄先生在这里住过，人家能够记得的。

你吃茶，汤好婆将茶杯往老人面前推一推，吃点茶。

这是碧螺春，老人说，我对茶不大讲究的，也不大懂的，吃不大出好坏。

我倒是讲究的,汤好婆说,我对茶的要求高的,我能看出茶的好坏来。

我知道的,老人说,你年轻的时候就讲究吃茶的。

汤好婆有些不好意思地笑了一下,她说,到现在还是这样的,我要吃好茶的,不好的茶我不要吃的。

院子里的声音响起来,汤好婆出去看了一下,又进来了,她说,来了一个要饭的。

噢,老人说,你这个院子,有一百年了。

差不多一百年了,汤好婆说。

我在书上看到过有人写这个院子的,老人说,那个人会写文章,写得有感染力的。

你专门下火车来找我,汤好婆说。

但是书上写的街名不叫鹰扬巷,老人说,所以,我一直搞不懂。

从前叫阴阳巷,汤好婆说。

老人和汤好婆一起笑了笑,老人说,阴阳,拿阴阳做街名,好像不大多的。后来就改名了,汤好婆说,叫鹰扬巷,念起来还是一样的,但是写到书上就不一样了。

小孩跑了进来,汤好婆,小孩说,汤好婆,收旧货的来了,他问你报纸卖不卖。

今天不卖了,汤好婆说,改日吧,今天我有客人。

小孩朝老人看看,你是客人,小孩边说边跑出去。

老人吃了一口茶,汤好婆说,茶有些凉了,我替你倒掉一点再加满,就热了。

不用的,老人说。

温茶不好吃的,吃茶就要吃滚烫的茶,才好吃,汤好婆说,你专门下了火车来找我的。

你从前在沪上的振华女校读书的,那时候我在你们墙那边的务同学校,老人说,一墙之隔的。

务同,汤好婆说,务同是很好的学校,那时候不收女生的。所以你不知道我的,老人说,我是很早就知道你,你是女校的校花,我们男生都知道,很多人老是在振华女校门口绕来绕去,是想看一看你的。

汤好婆有一点不好意思,是吗,她说,我不大晓得的。

是的,老人说,我也一直想看到你的,可是总没有机会的,每天从女校中出来的女生中,也不知道哪一个是你。

是吗,汤好婆的脸有一点红,她说,好多年了。

好多年了,老人说,好多好多年了。

后来你在哪里呢,汤好婆说。

后来我走过好多地方,老人说,后来听说你和黄先生结姻缘,我们都知道黄先生是很有才气的,是郎才女貌。

后来先生开讲习所,汤好婆说,我做他的助手。

我知道的,老人说,其实也不仅是郎才女貌的,黄夫人是女才子，才貌双全的。

汤好婆微微地笑了一下，老人也笑了一下，有一阵他们都没有再说话，院子里和巷子里的声音时隐时现地传进来，屋子显得空旷起来。

你吃茶，汤好婆说。

吃的，老人说。

好多年了，汤好婆说。

好多年了，老人说，我的心愿一直在心里的，所以我无论如何要下火车，专门来看一看你，我就这样来的。

你下了火车，要转车的，汤好婆说，转车麻烦不麻烦？

不麻烦的。

要买下一趟的车票，汤好婆说。

是的，他们已经替我买好了，老人说。

他们是谁？

和我一起去北京的两个同事。

他们也跟你一起在这里下车的？

是的。

他们再买好下一趟的车票？

是的。

噢，汤好婆说。

我很高兴，老人说。

我也高兴的，汤好婆说。

汤好婆,汤好婆,有人在外面喊着,人就进来了。

林阿姨,汤好婆说,有什么事?

你有客人,林阿姨说,要不要帮你去买一点菜来。

不用的,老人说。

难得来的,要在这里吃饭的,林阿姨说。

他们在车站等我,老人说,我要告辞了。

老人站起来,汤好婆也站起来,老人说,我要告辞了。

咦咦,林阿姨说。

不是的,老人说,我是要走了。

汤好婆陪着老人走出来,老人回头看看院子,和我想象的是一样的,他说,几乎没有差别。

是吗?

是的,老人说,我一直想象你住的地方就是这样。

是吗?

是的,老人说,我一直想象你就是这样。

一辆三轮车过来,汤好婆,三轮车夫说,这是你的客人。

是的。

要三轮车吗?

要的。

上哪里?

火车站。

哦,三轮车夫说,坐火车,到哪里去呢?

到北京。

哦,很远的。

老人上了三轮车,他回身向汤好婆挥手,我走了,他说。

汤好婆点了点头,三轮车就走远了。

汤好婆回进来,他们问她,他是谁呢?

一个老朋友,汤好婆说。

他是哪里的?

从前的朋友,汤好婆说。

他叫什么?

他叫,汤好婆想了一想,说,他姓麦。

卖?一个老太太说,有姓卖的?

1999 年

在街上行走

收旧货的那个人，戴着一副眼镜，穿得也比较干净，看上去像个知识分子，大家这么说的时候，他总是笑笑，然后说，我什么知识分子，我小学毕业，初中只念了半年。

他脾气温和，举止也文雅，他总是将收来的旧货，认真地分门别类，然后小心地捆扎好，地下如果留下了杂物，他会借一把笤帚来，顺手替人家打扫一下，然后就把旧货扛出来，搁在停在门外的黄鱼车上，搁得平平整整，他说，放整齐了，可以多放一点货。

开始的时候他只是收旧货，然后将收来的旧货卖到废品收购站，慢慢地，时间长了，他也知道有些旧货可以不卖到收购站，它们虽然是旧货，但还不是废品，可以不到废品站去论斤论两，可以找一点其他的买主，比如一些开在小街上的旧书店，当他带着些旧书进去的时候，老板的眼睛亮起来，精神也振奋了，这时候灰暗的小书店里，就会发出一点光彩来，还有一些晚上沿街摆旧书摊的人，对有些尚有价值的旧杂志和旧书，也一样愿意按本论价，不过他们的眼光，肯定不如书店的老板，他们开的价格，也是相当低的，当然，这总比按斤论价要强一些。做过几次交易以后，他就学乖了一点，当然后来他又更乖了一点，因为有一次他亲眼看见摆书摊的人一转手，就赚了钱，所以以后他就自己来摆地摊，白天收旧货，晚上设摊，这样他抢了原来摆书摊的人的饭碗，那个人很生气，他自己也觉得这样不大好，就挪到另一个地方，但是晚上摆摊的事情是风雨飘摇，朝不保夕的，因为经常有城管的人或者其他执法的人来查处，常常偷鸡不着蚀把米，给罚了钱。碰到风声紧的时候，干脆就不敢摆出去了。

或者是在雨季，夜里总是阴雨绵绵，摊子摆出去，是得不偿失的，书刊被淋湿了，也不会有人在雨夜里去街头买旧书旧杂志的，在这样的时候，他就在自己租住的小屋里，整理那些收购来的旧货，他没有电视，也不订报纸，漫长的雨夜，他可以看看旧书旧杂志。

还有一些是学生用过的旧课本、旧作业本，他有兴致的时候，也会翻开作业本看看，看到学生做的练习题和老师批的分数，还有一个学生写道：某某是王八蛋，老师也没有批出来，估计是最后本子用完了不再交上去的时候才写的，他不知道这个"某某"是这个学生的同学还是他的老师，他想如果是老师的话，就很好笑了，他将课本和练习本精心地挑出来，留给自己的孩子，他们以后都用得着的，他这么想着。后来有一天，他收购到一大堆旧笔记本，这是一个人写的日记，他起先也没有怎么在意，因为他觉得这对他的孩子以后读书没什么用的，他将这些旧笔记本置到另一边，因为它们不能当旧书旧杂志卖，只能到废品收购站将它们称了。

可是第二天他来到废品收购站的时候，收购站的秤坏了，正在修理，他就坐在一边等待修理，他那时候没事可做，就把手边的旧笔记本抽出一本来翻一翻，浏览一下，看了其中的一段日记，但是看了看后，他想，这叫什么日记，他有些不以为然，便不想看了，他将笔记本重新塞好，就坐在那里看修秤，后来秤修好了，他却有些疑虑，这么快就修好了，你的秤准不准啊？他问道。收购员说，不准你不要来卖好了。其实他平时也是经常遭到别人的质问的，怀疑的口气和他自己今天说话的口气是一样的，所以他也体会收购员的心情，也没有计较，就将一捆捆扎着的笔记本提到秤上，一秤，九斤，收购员说，喂，这只能算你废纸啊，他有些不服气，这怎么是废纸呢，这一本一本的，应该算是书吧。收购员说，你懂不懂什么叫书啊。他觉得收购员今天火气特别大，但是让他把笔记本当废纸卖，他觉得亏了，我不卖了，他说，收购员就一屁股坐下来，说，不卖拉倒。

他将这些废品重新又置到黄鱼车上，他可以再换一家废品收购站试试，要是运气好，说不定有人会当旧书收购他的。他的黄鱼车经过红绿灯的时候，躲躲闪闪地避进一条小街，因为有个交警站在那里，像他这样的黄鱼车，虽然是有牌照的，但上下班时间规定是不许走大路的，他平时也是知道的，但今天因为卖旧货不太顺利，这时候他有点分心，就走到交警的眼皮底下来了。幸好正是高峰时间，交警正在忙着，没有来得及注意到他，他就拐到小街上去了。

小街上有一个旧书店，刚刚开门，店主就看到一个收旧货的人骑着黄鱼车过来了，店主看了看他的脸，似熟非熟，但店主还是微笑了一下，说，师傅，今天早嘛，有什么货？

他摇了摇头，就是一些笔记本，他说。

笔记本吗，店主说，什么笔记本？

好像是一个人的日记，他说。

他是有些无精打采的，但是店主的精神却渐渐地起来了，日记？他问道，写的什么日记呢？

什么呀，他说，就是一些流水账，早上几点起来，起来了洗脸刷牙也要写，水太凉牙有点不舒服的感觉也要写，坐马桶坐多长时间也要写，早饭吃的什么也要写，早饭以后喝茶，是什么茶，哪里买来的，多少钱一斤，都写在上面，然后是什么，来了一个送信的，送来一封信，他看了这封信，后来，有一个什么人也要看，他不给看，那个人生气了，反正，就是这些琐碎的事情。

店主有一种天生的职业的敏感，他的鼻子已经嗅到了历史的气息，他已经不再矜持，甚至有点急迫地说，能让我看看吗？

他就从一扎笔记本中抽出一本给店主看，他说，本来我已经到收购站了，他要当废纸收，我说这不是一张一张的，这是一本一本的，应该算是旧书，他不肯，我也不肯，又带出来了，再去试试其他收购站。

店主的心思早已经不在他身上了，只是应付着他，是吗，啊啊，这么应付了两句，店主已经看过了一段日记，他知道笔记本里的内容，至少是六七十年前的生活了，店主决定把它们买下来。

他惊讶地看着店主将一叠钱交到他的手上，这是给我的吗，他差一点问，但毕竟没有问出来，当然是给他的，当然是因为这一扎笔记本，肯定店主喜欢这些笔记本，或者这些笔记本可以卖出更好的价钱，但他并不贪心，废品站的人，只肯给他几斤废纸的钱，现在他拿到这么多，他已经够满足了，至于店主可能会转手卖出多少，他无法想象，他也不再去想象，他知道那不是他的事情，他不懂这里边的规矩，也不懂行情，那钱不该他赚，所以他拿了店主付给他的钱，就可以走了。

但是店主转手的事情，并不是那么容易的，这些日记没头没脑，既没有写日记这个人的姓名和其他情况，他在日记中偶尔提到一些人名，都不是什么有名的人，也无从考查起的，如果是名人的话，那就好办多了，时间再长，也总会有人知道的，后来店主又看出来，这些日记，是这个人许多日记中的一部分，是1936年至1939年这三年中的日记，那么这个人到底记过多少年的日记，从他的三年的日记中也可以看出，他是记了很长很长时间的日记，而且从1939年往后，还会继续记下去的，那么他的更多的日记在哪里呢，等等，都是待解的谜。

店主花了很大的精力去考证，去寻找些什么，甚至还跑到外地去，但一直没有结果，后来店主重新又想起了收旧货卖笔记本的这个人，店主有一种如梦初醒的感觉，他说，我这真是守着和尚找和尚，指着赵州问赵州，舍近而求远了，于是他哪里也不去了，就守在店里等待收旧货的人再次出现。

不断有收旧货的人上门来问他收不收旧书，但是他始终没有等到卖笔记本给他的那个人。有时候他已经看到他进来了，但是经过一番盘问，才又知道这个人不是他要等的那个人，还有一次，他看到一个卖旧货的来了，他坚信这就是他要等的那个人，他还记得他的身形和基本的长相，他问他，师傅，你来过这里卖旧书吧。但是那个师傅摇了摇头，说，我没有来过，今天是头一回。

以至于后来他连那个人的长相都已经淡忘了，甚至模糊了，他一会记得他是瘦瘦高高的，一会又记得他是矮矮胖胖的。

晚报上，有一天登了一条寻人启事，寻找一个收旧货的外地人。登启事的这家人家，老保姆将不应该卖掉的笔记本卖掉了，是被一个外地口音收旧货的人收去的，现在他们寻找这个人，希望能够追回不应该卖掉的东西。

有不少人看到了这条启事，但是与他们无关，他们并没有往心上去。店主那天也看了晚报，但是寻人启事是夹在报纸中缝里的，他没有注意到，后来偶尔听人说起，但是谁也不记得那是哪一天的晚报，也记不清到底说的什么事，只记得是有人卖了不应该卖的东西，想找回来。店主想再去找那张晚报也找不到了，过了期的报纸，被收旧货的收走了，卖到废品收购站，然后又运到造纸厂，打成纸浆，又变成新的纸头出来了。

现在卖错东西的事情多得很，有人将存折藏在旧鞋里，鞋被卖掉了，存折还到哪里去找啊，也有人把金银首饰放在旧衣服的口袋里，或者把情书夹在废纸里，这都是最怕丢失的东西，但是最怕丢失的又恰恰丢失了，而且都是很难再找回来的，所以，大家常说，有些东西，失去了就永远失去了。

店主的念头后来也渐渐地淡下去了，但他知道，这仍然是他的一桩心事。后来他生了病，不久就去世了，临终前，他还是把这桩心事交待给了自己的孩子，他希望孩子继续开旧书店，他说，只要书店仍然开着，就会有希望，那个人会回来的。

但是他的孩子觉得开旧书店没有意思，辛辛苦苦，又不能赚钱，他的女朋友也和他有一样的想法，他们商量了一阵，不久以后，他便将旧书店关闭了，开了个服装店，这是听他女朋友的主意开的，他们一起到浙江去进货，回来后就一起守在店里卖服装。后来他们渐渐地熟了，来来去去的路线熟了，事情该怎么做也都知道了，和那边批发市场里的批发商也认识了，有了交往，所以，有时候店里人手紧的时候，就不必两个人一起去进货了，而是他一个人去，也有的时候他有事情走不开，就他的女朋友一个人去。

但是服装店的生意也不好做，做了半年，一结账，除去开销，也没有多少盈余的，他的女朋友说，这样做到猴年马月我们才能结婚。他们坚持了一年，他的女朋友就走了，她说这个地方发展不起来，她要到浙江那边去发展。

女朋友走了以后，他也不再开服装店了，他将店面转租给别人做房产中介，他坐收房租，比父亲在的时候日子还好过。

做房产中介的人，是个喜欢交朋友的人，所以他的眼线耳目比较多，这是做中介最重要也是最基本的一个条件，许多人都在有意无意中为他提供线索，这个人的朋友搬家了，老房子要出租，那个人的亲戚买了新房子，老房子要出手还新房子的贷款，或者谁家来了个外地亲戚，家里住不下，要租房子，等等等等，这其中有许多线索是有价值的，在别人听来，只是一般的家长里短聊聊天，或者最多只是一个普通的消息而已，而到了房产中介人那里，一般的聊天，普通的消息，就变成了利润。

他租了这个店面以后，很快又和街上的左邻右舍建立了良好的关系，闲着的时候，总是在说话聊天，别人也知道他这一套,他们说,我们说话是白说,嚼白蛆,他不一样,他说话能够来钱的。当然,话虽这么说,但他那一套,他们看得见,学却是学不会的,有一次他只是听到一个人说某某街某某号有两室一厅,其他什么情况也不知道,但是过了三天以后,他就拿到了下家的定金,又过了十来天,他就转手赚了两万。

其实不仅仅是说说话就能挣钱,他还要用脑子,他还要有水平,他还要有相当的思想境界,水平和思想境界从哪里来呢,锻炼出来,还有,可以从书上学来,所以他是很喜欢读书的,不管什么书,他拿到手都要看,开卷有益,书中自有黄金屋,他觉得古人说的话很有道理。

有一次他读到一个人的日记,这是正式出版的日记,一套有几十本,这个写日记的人,他并不知道是谁,因为他不是个名人,他的日记也是在他去世以后,他的小辈为了了却心愿,凑钱替他出的,在小辈写的后记里,说了这样一件遗憾的事,就是这些日记,是他们的爷爷二十岁至四十岁的日记,四十岁以后,爷爷就再也没有写过日记,遗憾的是,其中缺少了三年的内容,1936年至1939年的日记,被当年伺候爷爷的老保姆当废品卖了,小辈曾经费了很大的周折,但始终没有找到,所以现在出版出来的日记,是不完整不齐全的日记。

他心里也替他惋惜着,他也曾想象过,那遗失了的三年,这位老人的生活中曾经发生了什么,或者什么也没有发生,他还想象,这丢失的三年日记,现在到底在哪里。

他做梦也没有想到，这三年的日记，就在他的公司里边的那间小屋里，有一扇小门，拿一把大铁锁锁着，那是房主封闭隔开的，据房主说，是他的父亲留下的一些遗物，是一些旧书，留着也没有用，丢又舍不得丢，放在家里又放不下，反而使整洁的房间变得杂乱，所以在店堂靠里的角落，隔出一小间，存放着。

因为隔掉这一小间，他收的房租就要少收一些，从前他的女朋友曾经劝他不要隔，可以使店堂的面积大一点，多派点用场，但是他想了半天，最后还是隔出来了。

这些日子，这条老街上原先的店面都纷纷地在改换门庭，过不多久，就是旧貌换新颜了，街也兴旺热闹起来，收旧货的人有一次经过，都认不出来了，他还在房产中介公司门口站了一会，也没有想起这就是从前的旧书店。他毕竟不是这个城市的人，而且这个城市这样的老街小巷很多，在他看起来，这一条和那一条也都差不多，他只是感叹，怎么旧书店越来越难找，越来越少了，因为这个问题直接牵涉到他的利益。

但是后来发生的这些事情，收旧货的人并不知道。那一次他得到一笔意外的收获，非常高兴，他十分庆幸自己在各种艰苦的工作中确定了做收旧货的工作，现在他更坚定了自己的信心，收旧货的工作，说不定哪天就会有一种意外的收获。当然，他不会傻傻地坐等意外好运的到来，他仍然每天辛辛苦苦地挨家挨户上门收旧货，再送到废品站去卖掉，有时候一天只能赚很少的钱，有时候还分文无收，或者被人骗了，还要倒贴掉一点，比如有一回收了一箱旧铜丝，送到废品站时，才发现只有面上是一团铜丝，下面的都是泥巴砖块，他就白白地贴了一百多元给骗子，但是不管怎么说，他始终坚信自己的钱会积少成多的，有了这样的信念，他就能够不辞劳苦，日复一日地行走在这个城市的大街小巷。

有一天他骑着黄鱼车在街上经过，有一个人挡住了他，问他有没有收过一叠旧笔记本，他觉得这个人有点奇怪，他告诉他，他几乎天天收到笔记本，有小孩的练习本，也有人家家庭的记账本，甚至还有好多年前的记账本，上面写着，山芋粉两斤，共一角，他当时还觉得奇怪，城里人怎么也吃山芋粉，而且城里的山芋粉怎么这么便宜，后来他才发现，那是二十几年前的记账本。那个问他话的人，后来就失望地走了。

在以后的漫长的日子里，在一些无事可做的雨夜，他偶尔也会想到这个人，这个寻找旧笔记本的人，是谁呢？他肯定不是来寻找小孩的练习本的，这样他就依稀回忆起有关日记本的一些事情，但是更多的情节记不起来了，他只记得是有一些日记本，他还读过其中的一段，写的什么，忘记了，拿到哪里去卖了，也忘记了，反正，不是废品收购站，就是街头的书摊，或者旧书店，这些日记本是从哪里收购来的，那是一个什么样的人家，在哪条街巷里，他记不得了，这个人为什么要把笔记本卖掉，是有意卖掉的，还是无意卖掉的，如果是弄错了，他一定很后悔，日记是不能随便给人家看的，他虽然是个乡下人，但这个道理他懂，难怪那个寻找笔记本的人，一脸的焦急，如果他是记的和从前的女朋友的事情，流失出去，万一给现在的女朋友看见了，那就麻烦了。

想着想着，他睡着了。

他从遥远的贫困的家乡来到这里，他也干过其他的一些活，后来觉得还是收旧货比较适合他，他就干定了这一行，慢慢地，有耐心地积累着资金，等积得多一些了，他就到邮局去汇款，他的老婆和两个孩子在家里等着他汇钱回去，他的老婆将他寄回去的钱藏起来，准备以后造房子用，两个孩子以后还要念书呢，他希望他们都能考上大学。

到邮局汇过款后，他怀揣着收据往回走的时候，经过洗头房，他就进去了，珠珠也知道他这几天该来了，他来的时候，珠珠说，来啦，如果她正闲着，她就会站起来说，走吧，如果她手里有客人在洗头，她就说，你等一等。

他总觉得珠珠对他和对别人不一样，有一些特殊的感情，珠珠却不这样想，珠珠说，哪里呀，我对他们都是一样的。

只是那一回有些不同，因为卖了日记本，他发了一笔财，提前来了，那天珠珠看到他进来，奇怪地说，咦，你前天才来过嘛。

不过这件事情也和记着日记的笔记本一样，他已经记不清了。

2004 年

我们的战斗生活像诗篇

姐妹三个都有大名，但是大家不喊她们大名，喊她们姐姐、妹妹和小妹妹，喊习惯了，不仅家里大人喊，邻居也这么喊，同学里有熟悉这个家的，也都跟着这么喊。喊妹妹和小妹妹还说得过去，但是喊姐姐就要看人了，比如她们的爸爸妈妈也喊她姐姐，不了解的人，就会觉得奇怪，再比如邻居家六十多岁的一个老奶奶，也喊姐姐，姐姐哎，老奶奶说，你过来，你帮我怎么怎么。姐姐就应声而去，帮助老奶奶做些什么。姐姐是个热心的女孩，她喜欢帮助别人，她知道老奶奶每天大概什么时候要去公共厕所倒马桶，她一边踢毽子，一边守候在院子里，等老奶奶拎着马桶过来的时候，姐姐假装正好看到，顺便就帮老奶奶去倒掉了马桶，还刷干净了提回来，斜搁在台阶上，让太阳晒。

在妹妹心目中，姐姐就是姐姐的样子，姐姐就应该是这样的。姐姐跟妹妹说，妹妹，我们上街吧。在街上姐姐给妹妹买了一块奶油雪糕。姐姐说，妈妈给我钱了，妈妈说，我现在不能吃凉的东西，要吃点营养，我要去买一包龙虾片吃。她们还看了一场阿尔巴尼亚电影《宁死不屈》，电影散场的时候，姐姐唱道，战斗战斗新的战斗，我们的战斗生活像诗篇。这是电影里的插曲。妹妹说，姐姐你已经会唱了？姐姐说，看一遍是不会唱的，要看好几遍才会唱。姐姐又说，我要是被敌人抓去了，我也不会投降的。

姐姐有时候和小妹妹一起出去，姐姐说，小妹妹，我们吃南瓜子好吗？姐姐买了南瓜子，她和小妹妹一起，坐在巷口的书摊那里看小人书，姐姐看的是一本《三国演义》，小妹妹看《桃花扇》，然后她们交换了看，看完了，天也快黑了，她们就回家了。

那一年姐姐十四岁，妹妹十一岁，小妹妹八岁，她们中间都是相差三岁。姐姐是妹妹和小妹妹的灵魂，她还是院子和巷子里的小孩们的灵魂，姐姐不仅带妹妹和小妹妹上街去，她也带其他孩子出去，他们也和妹妹小妹妹享受同等待遇，如果钱不够多，只够一个人花的，姐姐就说，我今天不想吃东西，你吃吧，我今天不想看电影，你进去看吧。姐姐就在电影院外面等，等到电影散场，她和那个看电影的孩子一起回家。后来大家给姐姐起了个绰号叫她阔太太。

她们回家的时候，婆婆坐在马桶上哭。婆婆有便秘，每天要坐很长时间的马桶,她泡一杯茶,点一根烟,坐在马桶上哼哼,然后用手捶腰眼,婆婆说,要先捶左边的腰眼,捶四十九下,再捶右边的腰眼,四十九下,大便就出来了。可是婆婆捶了左边的腰眼,又捶了右边的腰眼,大便还是不下来,婆婆就哭起来,婆婆哭着说,日子怎么过哇,日子怎么过哇,我们要没饭吃了。

爸爸已经从这个家里消失了。爸爸到哪里去了并不重要,重要的是和爸爸一起消失了的爸爸的工资。现在家里只有妈妈一个人工作,妈妈是个二十三级的干部,工资四十多元,妈妈总是把工资的一部分自己收起来,另一部分做菜金,就放在抽屉里。因为妈妈三天两头下乡去劳动,有时候一去就是几个月,妈妈不在家的时候,婆婆管菜金,婆婆从抽屉里拿钱去买菜买米,或者到食堂去打饭,抽屉里的菜金很快就没有了。婆婆说,钱不经用,也没怎么用,就没有了,你妈妈怎么还不回来。

妈妈从乡下回来了,又把钱放在抽屉里,妈妈跟姐姐说,姐姐,婆婆年纪大了,搞不清楚钱了,你把每天用的钱记下来,我回来看你的账本。姐姐就开始记账,但是她记得不准确,比如买了半斤兔肝,她就记一斤兔肝,还有半斤的钱,姐姐就自己拿去用了,不过姐姐从来没有独自去享受,她总是要带上谁一起去,但每次都只带一个,姐姐说,带多了,大家互相知道了,会说出去的。其实姐姐不知道,她的事情,大家都知道，大家都知道姐姐偷家里的钱，只有姐姐自己不知道。

姐姐记的账后来也引起妈妈的怀疑，妈妈说，你们四个人，都是女的，三个小孩，一个老人，这么能吃？昨天吃了一斤兔肝，今天又吃了三盆炒素，这么吃法，也不见你们长胖起来。记账的事情仍然回到了婆婆那里，但是婆婆年纪大了，而且婆婆的注意力永远在大便上，菜金仍然搁在抽屉里，少钱的事情也仍然发生，妈妈开始用心了，这一阵妈妈不去乡下劳动了，她的眼睛露出怀疑的光，在三个女儿身上扫来扫去，当然她最怀疑的肯定是姐姐。只是姐姐不知道。

妈妈使出的第一个心眼，就是一个厉害的杀手锏，如果不出什么意外，拿钱的人肯定栽在妈妈手里。这天早晨她们还没有起床，妈妈就守在她们的床前了，妈妈说，昨天晚上我睡觉的时候，数过抽屉里的钱，但是今天早晨起来，就少了一张钱，你们谁拿的，说出来吧。

钱到底是谁偷的大家心里都有数，但是谁也没有说出来，谁也没有告诉妈妈，没有叛徒，也没有内奸和特务，不像那时候社会上，一会儿就抓出一个，一会儿又抓出一个。她们是一边的，妈妈是另一边的，婆婆的态度总是很暧昧，谁也搞不清她到底是哪一边的。

妈妈说，你们不要说是外面的人进来拿的，从昨天晚上到现在，我们家的门开也没有开过，不会有人进来偷钱。你们谁要是觉得难为情，也可以等一会悄悄地告诉妈妈，还给妈妈就行了。但是仍然没有人吭声。妈妈又说，要是不肯说出来，那就把你们的皮夹子拿出来，让妈妈看看。

她们每人都有一只皮夹子，都是姐姐用报纸折的，起先姐姐自己折了一只，后来她又给妹妹和小妹妹每人折了一只。皮夹子的形状是一样的，但大小不一样，姐姐根据年龄的差别，折出了大中小三种皮夹子。

毫无疑问，妈妈认为那张钱正躺在其中的某一只皮夹子里，它很快就会被捉住，暴露在光天化日之下。从妈妈尖锐的眼光可以看出来，妈妈已经断定它是躺在姐姐的皮夹子里。可是妈妈想错了，姐姐的皮夹子里没有钱，一分钱也没有，空空荡荡。胜券在握的妈妈颇觉意外，愣了一会才说，姐姐，你的皮夹子里没有钱，你要皮夹子干什么？姐姐说，我夹糖纸。妈妈说，也没有见你有糖纸呀。姐姐说，我送给张小娟了。当然妈妈也检查了妹妹和小妹妹的皮夹子，妈妈肯定也是一无所获，只有小妹妹的皮夹子里有五分钱。

妈妈失败了，但是妈妈并没有甘心，失踪的那张钱，成了妈妈的心病，她决心和三个女儿斗争到底。妈妈沉着冷静地想了想，又说，你们把鞋脱下来让我看看。把钱藏在鞋里，也是聪明的一招，隔壁的张小三，再隔壁的李二毛，他们都使用过这种办法，但是姐姐却没有用这一着，她的鞋子里，除了有一点汗臭，什么也没有。姐姐还把袜子也脱下来给妈妈看，姐姐说，妈妈你看，袜子里也没有。

但妈妈还有办法，妈妈的办法总是层出不穷，妈妈每想到一个办法，她都以为这一回姐姐肯定要暴露了，可姐姐却一次次地躲过了妈妈的盘查，一次次地让妈妈败下阵去。败下阵去的妈妈，最后竟还笑了起来，妈妈笑着说，好了好了，不说钱的事情了，你们出去玩吧。妈妈的笑里藏着阴谋诡计。

妈妈果然不再提这个话题了，日子又恢复了正常，但这一阵姐姐很小心，她始终没有喊妹妹和小妹妹出去消费。谁都知道，妈妈其实并没有把这件事情丢开，妈妈还在跟女儿们玩计策，只是不知道妈妈下面的手段是什么。那一段时间里，妹妹在家里大气都不敢出，她看到婆婆坐在马桶上便秘，就去试探婆婆的口气，妹妹说，婆婆，你知道是谁拿的钱吗？可婆婆总是含混不清地说，唉，你们的妈妈，唉唉，我大便大不出来，我要胀死了。

后来就发生了高国庆主动上门认账的事情。高国庆胆子很大，他去买萝卜，穿上他爸爸的衣服，腰里扎一根皮带，萝卜在他手里挑来挑去，就顺着袖管滚到腰里，在皮带那里停住了。高国庆的办法，让院子里的小孩吃了较多的萝卜，但是萝卜很刮油，本来没有油水的肚子，吃了萝卜就更饿更馋，高国庆说，别着急，我再去偷。这一点上，高国庆和姐姐很像，如果用现在的眼光看，他们一个是大哥大一个是大姐大。高国庆还去撬人家窗上的铜搭链卖到废品收购站，有一次还引来了公安人员，公安人员走进院子的时候，妹妹吓得两腿直打哆嗦，差点瘫倒下来，但高国庆一点也没有害怕。高国庆还有个绰号叫高盖子，他喜欢打玻璃弹子，但他水平不高，又没有钱买弹子，就到机关的会议室里，把茶杯盖子偷走，然后把盖子上的滴粒子砸下来当弹子打，最后他的杯盖滴粒子也都输掉了。那天高国庆来的时候，不像一个偷了别人家钱的孩子，他像个英勇的中国人民解放军，他勇敢地说，冯阿姨，我偷了你们家的钱。妈妈笑眯眯地看着他，说，高国庆，你是怎么进来的呢？高国庆说，我爬窗子进来的。妈妈说，可是我们家的窗子上装了栏杆，你钻不进来啊。高国庆说，噢，我记错了，我是从你们家的门进来的。妈妈说。可是那天晚上门是我锁的，到第二天早上也是我开的锁，钥匙一直在我手里，你怎么进来的呢？高国庆说，我是隔天就躲在你们家床底下的，等第二天你们都出去了，我再爬出来。妈妈点了点头，她相信了高国庆的话，说，那你把我们家的钱还给我们吧。高国庆说，可是我已经用掉了，我请小三二毛他们去溜冰，送了一个蟋蟀盆给大块头，买了三块夜光毛主席像。妈妈无奈地摇了摇头，说，既然已经用掉了，就算了，我也不去告诉你的爸爸妈妈了，但是以后不可以了，听到了没有？高国庆说，听到了。高国庆走了以后，妈妈说，姐姐你以后少和高国庆来往，从小偷偷摸摸的孩子，长大了没出息的。

其实大家都知道高国庆是姐姐让他来的，高国庆说的那些话，都是姐姐教他的。看起来妈妈是相信了高国庆的话，可妈妈是假装的，她还让姐姐少和高国庆来往，完全是为了迷惑姐姐，千万不要相信妈妈，妈妈根本就不相信钱是高国庆偷走的。因为高国庆走后，妈妈又以迅雷不及掩耳之势，再一次搜查了女儿们的皮夹子。皮夹子里仍然空空荡荡，头一次检查时，小妹妹还有五分钱，现在连那五分钱也没有了。

那张失窃的钞票，就像在人间蒸发了，始终没有出现在任何人的眼里。

许多年之后，妹妹已经是一位检察官了，她负责审理一件受贿案，贪官的家属用了一个自以为巧妙的办法给被关押的贪官传递东西，她将一只新脸盆敲出一个洞，然后用橡皮膏粘上，她要传递的东西，就被夹在两层橡皮膏中间带了进去。当然她要传递的不是钱，而是信息。但是这种自以为巧妙的做法，在检察官眼里，简直是雕虫小技，当场就可以被揭穿。那天下午，妹妹撕开粘在脸盆上的橡皮膏，发现了那张纸条，妹妹的思绪忽然就飘到了从前，妹妹想，这一着，当年姐姐有没有用过呢？可她很快否定了自己的这个想法，她还记得，那时候脸盆漏了不是用橡皮膏粘的，而是到街角拐弯处的生铁铺，请修搪瓷家什的人融化一小块锡将这个洞搪起来，所以，那时候姐姐还不能从洗脸盆或洗脚盆里想出些什么办法来。

妈妈终于彻底失败了，妈妈日益黯淡下去的目光让女儿们预感到，妈妈不想再斗下去了。催促妈妈回五七干校的通知已经来了三次，妈妈说，他们在我的床头上贴了揪出历史反革命的标语,不知道是不是贴的我。

妈妈终于上路了,她走出院子的时候,还回头向里边挥了挥手。望着妈妈远去的背影,妹妹心里,终于有一块石头落地了,她不再心慌意乱,不再手心里出汗,笼罩了多日的阴云终于散去了。

中午家里吃了姐姐从面馆里下回来的面条,一碗猪肝面,加两碗光面,拌在一起,就都是猪肝面了。姐姐吃得很少,姐姐说,婆婆,你多吃点猪肝,猪肝有营养。妹妹和小妹妹都分到了猪肝。吃过面,婆婆又开始了她这一天的第二次坐便,姐姐在洗碗,妹妹和小妹妹在等姐姐喊,她们不知道今天姐姐会喊谁出去。姐姐最后决定带妹妹去,姐姐说,小妹妹,今天我们要去采桑叶,会走得很远,还要摆渡,你就别去了。小妹妹说,好的,我陪婆婆大便。当然,如果反过来,姐姐喊了小妹妹去,叫妹妹不要去,妹妹也会像小妹妹一样听话,因为姐姐就是她们的灵魂,姐姐说的任何话,姐姐做的任何事情,都是至高无上的。

姐姐牵着妹妹的手,她们去开门了,可就在这一瞬间,门却从外面被推开了,姐姐和妹妹一抬头看到了站在门口的那个人,吓得魂飞魄散。

是妈妈。

谁也没想到妈妈杀了回马枪。

妈妈微微笑着,可她的眼睛却尖利而警惕地盯着女儿,妹妹顿时听到心里"咯噔"一声,只是她一时间辨别不清,是谁的心在狂跳,是自己的,还是姐姐的,或者,所有的人心都在狂跳?

可妈妈还是扑了个空,临出门的姐姐,身上竟然没有钱。妈妈的回马枪就像是铁拳砸在棉花上,棉花没有疼,铁拳却打疼了。

妈妈闷声不响,在床沿上坐了半天,妈妈的眼睛里,渐渐地有了一种近似疯狂的东西,只是孩子们还小,看不出来。妈妈呆坐了一会之后,开始在家里翻箱倒柜,我就不相信,妈妈说,我就不相信,它能藏到哪里去。妈妈反反复复地说着这句话,一直坐在马桶上的婆婆终于看不下去了,别找了,婆婆说,是我拿的。妈妈说,你别搅和进来。婆婆说,你说给我配开塞露回来的,你没有配回来,我就自己去买了,我大便大不出来,我要胀死了。妈妈说,那你为什么不报账。婆婆说,我回来用了开塞露,大便大出来了,我就轻松了,我就忘记了。妈妈说,你大便大得出来也忘记,大便大不出来也忘记,你是存心跟我作对。妈妈这么说,看起来她是相信了婆婆的话,但是大家都知道妈妈并没有相信,警觉性仍然在大家的心里坚守着,不敢离开半步,果然,片刻之后,妈妈说,开塞露多少钱一个,你买了几个?婆婆说,我买了三个。妈妈冷笑一声,说,你以后把账算清楚了再跟我说话好不好。婆婆说,你到底丢了多少钱?妈妈说,两元钱,是一张绿色的两元钱,我清清楚楚记得，我放在抽屉里，最上层。婆婆说，我买了三个开塞露，药店里的人说，吃猪头肉滑肠，好大便，多下的钱，我买猪头肉吃了。

可能绝大多数人都相信钱是姐姐拿的，但谁也不知道姐姐到底把钱藏在哪里了，后来妈妈也真的走了，没有再杀第二个回马枪。妈妈也许真觉得是自己搞错了，冤枉了姐姐，或者，她已经不想再为了那一张两元的钞票和女儿无休无止地斗下去了。

这件事情最后到底被大家淡忘了。那时候很多人家的小孩都偷偷摸摸拿大人的钱，被大人捉到了算倒霉。但是无论捉到捉不到，也无论捉到了会受怎样的惩罚，会丢多大的脸，会吃多痛的皮肉之苦，这样的事情还是经常发生，生生不息。当然也有一些人是例外的，许多年以后，妹妹曾经问过一个和她年龄相仿的朋友，妹妹说，你们小时候，偷家里的钱吗？可怜的他，想了半天，仍然一脸茫然，说，钱？那时候我们根本看不到钱，不知道钱是什么样子，到哪里去偷？但他也不甘落后，说，虽然偷不到钱，但是我们偷其他东西。他就说了偷萝卜和偷茶杯盖子的事情，这些事情后来就算是高国庆干的了。也就是说，小孩能够偷家里的两块钱，这种人家在当时也算是比较富裕的人家了。

不知道是不是妈妈的一再盘查，不肯善罢甘休，把姐姐吓着了，一直到妈妈走了很长时间，姐姐也始终没有拿出钱来花。妈妈丢失的那张绿色的两元钱始终没有出现，到后来连姐姐都怀疑起来，姐姐说，到底有没有那张钱啊？大家听姐姐这样说，无疑都会想，难道连姐姐自己都忘记了，难道姐姐自己都不记得那张钱到底藏在哪里了？或者，姐姐早就花掉了它，所以妈妈永远也找不到它了。

倒是小妹妹活得轻松，她好像完全不知道在姐姐和妈妈之间，曾经发生了惊心动魄的布满计策的拼搏，小妹妹这一阵的全部心思都集中在她的一件宝物上，这是一个彩色的绒线团，比鸡蛋小一点，比鸽蛋大一点，是用各种颜色的绒线接起来，然后绕成线团，这些绒线都是小妹妹精心收集起来的，张家织毛衣，她去讨一段，李家织围巾，她去讨一段，一段一段的，竟然就绕成了一个绒线球了，小妹妹说，等到再多一点，她要学着织一副彩色的手套，是没有手指的那种手套，她要送给姐姐，因为那种手套，又暖和，又不妨碍劳动，婆婆年纪越来越大，家务事大半都是姐姐做的。

绒线球小妹妹是不离身的，有时候她高兴起来，把它拿出来，当成毽子踢两下，又赶紧收起来，但后来绒线球不见了，小妹妹急疯了，一边哭一边趴在地上到处找。姐姐说，小妹妹你放心，我一定帮你找回来。姐姐的感觉灵敏准确，她带着妹妹和小妹妹找到了那几个男孩，他们正在河边把小妹妹的绒线球当皮球一样扔来扔去。姐姐说，把绒线球还给小妹妹。男孩子中的一个就是高国庆，他把绒线球拿在手里，一会儿扔上天空，一会儿又抛到另一个男孩子手里，一会儿又拿回来，当球踢它两下，他每玩一次，小妹妹就喊一声，我的绒线球。他再玩一次，小妹妹又喊一声，我的绒线球。高国庆说，姐姐你上次还叫我承认偷你妈妈的钱呢，你说送我一副癞壳乒乓板的，你说话不算数。姐姐说，可是我给你买过很多东西吃。高国庆说，那不算，我又没有叫你买给我吃，是你自己要给我吃的，但乒乓板是你答应我的。姐姐说，乒乓板我会给你的，你先把绒线球还给小妹妹。高国庆狡猾地说，我才不上你的当，你拿乒乓板来换。姐姐不说话了，她咬了咬嘴唇，就上前去抢高国庆手里的绒线球，高国庆把绒线球高高地举起来，姐姐够不着，她急了，张嘴就咬了高国庆一口，高国庆被咬疼了，也被咬愣了，愣了好一会他回过神来，气急败坏地说，你咬人？让你咬，让你咬。他一边嘀咕，伸手一甩，就把小妹妹的绒线球扔到河里去了。小妹妹"哇"的一声大哭起来，她的哭声又凄惨又尖利，她边哭边喊，我的绒线球啊，我的绒线球啊。一直到许多年以后，当时的感受还一直萦绕在妹妹的灵魂深处，妹妹当时就觉得，小妹妹反应过度了，一个小小的绒线球，值得她这么号吗？绒球绕得不紧，所以分量不够重，没有一下子沉下去，姐姐赶紧捡来一根树枝去打捞，可树枝够不着它，反而使绒线球在水里越荡越远了，大家乱七八糟地说，快点，快点，要沉下去了，沉下去就拿不到了。姐姐急了，往前一冲，整个人就扑到河里，扑下去的时候，她的手正好抓住了绒线球，姐姐笑了，她"啊哈"一声，就呛了一口水，这时候她才发现河很深，她的脚够不着河底，姐姐慌了，姐姐一慌，就吃了更多的水，很快就沉下去了，留在妹妹最后印象中的是混浊的河水里姐姐飘起来的几缕头发。姐姐沉下去的整个过程，妹妹看得清清楚楚，她想跳下河去救姐姐，她又想大声地喊救命，她还想转身跑去喊大人，可是她像中了魔似的，一句话也说不出来，身子一动也不能动，就这样妹妹和岸上一群吓呆了的孩子眼睁睁地看着姐姐沉下去，水面上咕噜咕噜地冒出泡泡，冒了一阵以后，水面就平静了，姐姐好像藏了起来，就像孩子们藏起从家里偷来的钱一样，藏到了水底。不多久姐姐又出来了，她是浮起来的，那时候，姐姐已经死了。

后来姐姐被大人打捞起来，她手里攥着绒线团，本来就绕得松松的绒线团，被水一泡，就彻底地松散开来了，里边露出一张折叠得很小很小的纸头，差不多只有大人的指甲那么大，因为被绒线绕着，绒线湿了，纸头却没有湿。妹妹慢慢地将这张纸头展开来，竟是一张纸币。只是这张纸币肯定不是妈妈一直在追查的那张绿色的两元钱，因为那张绿色的两元的钱是我偷的，而且早就被我藏起来了。你们已经知道了，我是这个家里的老二，我就是"妹妹"。

那一天妈妈疯了，她没有参加劳动，也没有去开会，而是一直躲在五七干校的床上。她放下蚊帐，两只手紧紧地揪住帐子的门缝，不断地说，我是日本特务，我是日本特务，我是日本特务。妈妈的同事说，冯同志，你出来吧，没有人说你是日本特务。但是妈妈始终没有出来。

姐姐的死讯正走在去往五七干校的路上。

后　记

妈妈的疯其实是有预兆的，只是那时候我们还小，看不出来，婆婆也许是有感觉的，可是婆婆被便秘折磨得痛苦不堪，生不如死，许多事情就被忽略了。

妈妈从来都是一位和蔼可亲的妈妈，她看我们的目光从来都是那么的慈祥温和。可是那一段日子，妈妈把我们当成了她的敌人，她用尖刻的、警觉的甚至仇恨的眼光盯着我们，使我们不寒而栗。她不折不挠地和我们作斗争，尤其是和姐姐斗智斗勇，她还其乐无穷，这肯定就是妈妈疯的预兆。但是妈妈真正的预兆还不在这里，其实那天晚上，抽屉里丢失的不止是一张绿色的两元的钱，还丢了一张黄色的五元钱和一张红色的一元钱。也不用猜了，五元的钱是姐姐偷的，一元的钱是小妹妹偷的，我们连偷钱也都按照年龄的大小顺下来，真是人有多大胆有多大。

姐姐的五元钱早在妈妈搜查的日子里就已经花掉了，但她仍然没有独自一人花这笔钱，她已经不敢带上妹妹小妹妹或者带上其他任何一个小孩，她带上了院子里那位孤老奶奶，她陪着孤老奶奶上公园，下馆子，给孤老奶奶买了一顶绒线帽子，老奶奶后来说，可怜的姐姐，她自己就吃了一包龙虾片。姐姐其实最喜欢吃雪糕，但是妈妈关照过她，月经来的时候，不能吃凉的。

那一阵我在专心地做一件事情，把我收集的许多烟壳纸，一张一张地粘到一本书上，不言而喻，我是为了藏我偷的那两元钱。我的行动引起了姐姐的怀疑，她问我，你为什么要把烟壳纸粘到书上，我说，怕人家偷，粘上去人家就偷不掉了。姐姐比我看得远，她说，要是想偷，干脆连一本书都偷掉。我把两元钱粘在其中的一张烟壳纸下面，我相信谁也不会发现这个秘密。可是后来我始终没有找到它，我把粘到书上的烟壳纸，一张一张地揭下来，最终也没有看到它。我知道，是姐姐拿走了。

姐姐已经去世好多年了，这件事情是死无对证的，请姐姐原谅我，但我知道是你拿的。小妹妹虽然会把一块钱绕在绒线团里，但她不会偷我的钱，她很怕我。一直到现在，她已经很著名了，看见我还是有点畏畏缩缩的，我不知道为什么，这和我当检察官没有关系，她从小就是这样，这是与生俱来的。虽然我比她大三岁，姐姐比她大六岁，但她不怕姐姐却怕我。小妹妹后来进了演艺圈，她演了很多角色，成为实力派演员，也就是大家所说的，演什么像什么。一转眼她也四十出头了，她说，剩下来的时间，我要找一个制片人，请他做一个片子《我的妈妈》，我演妈妈。四十岁的小妹妹，和四十岁的妈妈，简直就是同一个人。我的外甥女今年十四岁，和我十四岁的姐姐一样大。

　　妈妈后来写了《干校日记》，看了妈妈的日记，我才知道，那时候妈妈为什么忽然对钱抠得那么紧，妈妈写道："我那时候，一心想买一条羊绒披巾送给工宣队长的太太，这条披巾要花去我整整两个月的工资，我决心从全家人的嘴里抠出来，我对孩子很苛刻，我老是怀疑她们偷我的钱，老是翻她们的皮夹子，我甚至对自己的母亲也很苛刻，她买两个开塞露我都要叫她报账，我到底是凑够了那笔钱，可是我到底没有买成羊绒披巾，因为我疯了。"

2005 年

我们的朋友胡三桥

父亲的后事是堂叔代办的。堂叔在白鹤山公墓买了一块地，受堂侄儿的委托，葬下了堂哥。然后他写信告诉王勇，他的父亲王裔绌葬在白鹤山，他说，王勇如果回来，他会带他去的。可是后来事情发生了一些意外，堂叔死了，他没有来得及把一些事情交代清楚就急急忙忙走了，其中包括王裔绌在白鹤山的具体位置。这样王勇回来，要去祭扫父亲的坟，就得先到公墓管理处的登记册上去找。那一天天色尚早，公墓管理处还没有开门，一个年老的农村妇女坐在银杏树下，她的跟前搁着一张竹榻，上面放着一些花、纸钱和香烛，她朝王勇点了点头，说，买花，买香烛。

已经没有什么扫墓的人了，清明一过，扫墓大军顷刻间烟消云散，更待明年了。墓地上只有扫墓的人留下的枯残的花，那也不是一束完整的花，是将花朵摘下来，再把花瓣揉散开来，撒在墓地上，如果是整束的花放在那里，就被附近的农民捡去再卖给另一个来扫墓的人。农民就是这样的，你要是生气说他是捡来的，他却不生气，还笑，笑着说，不是捡来的，不是捡来的，你看这花多么新鲜。其实花早已经蔫了，他在上面洒了点水，就以为人家会觉得新鲜。可农民就是这样，他们老实，骗人的时候也是老实的。也有的人不在乎是捡来的不新鲜的，他们比较潇洒，扫墓本来就是一种寄托，睡在墓里的人并不知道，只是自己心里的感受罢了。

公墓管理处的门始终关着，年老的妇女说，你买点花吧，是我自己摘的，不是从坟墩上收来的。王勇看她的那些花，是一些细碎的小花，长在山间野地里的，有几点白色紫斑，几点黄色，还有几点蓝色的小碎花，闪烁在浓密的绿叶中，它们显得更细小更暗淡，没有鲜艳和灿烂，像无边无际的深蓝的天空上，只有几颗星星那样孤单。

公墓管理处的门始终没有开，他们可能想不到今天还会有人来上坟。王勇决定独自地往山里走了，他先是沿着西侧往上走一段，每一个墓碑上的名字，他都认真地看一看，有几次他看到一些名字，心跳了起来，比如有一个叫王季祥，还有一个叫王雳乡，他都驻足了半天，然后继续往上走。墓区很大，一眼望不到边，要想在这么大的墓区里找到父亲的坟，几乎是大海捞针，王勇正在考虑是不是应该放弃独自寻找父亲的念头回到公墓管理处去，就在这时，他看到了胡三桥。胡三桥穿着一件旧迷彩服，手里拿着一个装着红漆的瓶子，好像是从地底下冒出来的，忽然间就没声没息木呆呆地站在了王勇面前，说，这个公墓大，有的人来过好几趟都找不到。王勇说，我是头一趟来。胡三桥说，你找谁？王勇说，找我的父亲，他叫王薾缃。胡三桥说，是三横王吧，后面是哪两个字？王勇顿了顿，一边在手上画着给胡三桥看，一边说，那个薾字很难写，上半边是个文字，下半边呢，中间是个韭字，两边还有一撇一竖，缃呢，就是绞丝旁加个相信的相字。胡三桥想了一会，没有想明白，他脑子里的概念和王勇在手上画来画去的东西对不上号。王勇拿出笔和纸，将父亲的名字写下来交给胡三桥，胡三桥看了一眼，马上就说，我知道了，我知道了，是几年前的一个坟，姓王，后面那两个字很复杂。胡三桥的普通话说得不错，虽然也有本地的口音，但基本上可以算是普通话了，他至少没有把王念成黄。胡三桥又说，这个坟在东区，我走过的时候，一直念不出那个薾字，那个缃呢，我也不认得，就念相了，所以我在心里念着的时候，这个人就念王某相。王勇说，这个缃字你蒙对了，是这么念的。胡三桥说，那个薾字我蒙不出来，我文化不高，只念到初中一年级就去当兵了。王勇说，初中一年级还不到当兵年龄吧。胡三桥说，我留过级，小学念了八年，初中一年级也念了两年。王勇笑了起来，说，你倒蛮诚实的。胡三桥说，只有你说我诚实，人家都说我狡猾，我是本地最狡猾的人。王勇说，可能人家觉得你当过兵，在外面见过世面。胡三桥说，人家就是这么说。王勇说，你见过我父亲的坟？胡三桥说，当然，我天天在坟堆里走，所有的坟都在我心里。昨天我经过你父亲那里我还在想，这个人的小辈都到哪里去了呢？怎么老是不来呢？结果你今天就来了，好像心有灵犀。

胡三桥带着王勇往东边去，登了十几级台阶，再往东走一段，就到了王裔缃的坟前，坟地周边很干净，没有杂草，树长得壮，也长得直，明显是有人在修护着的，只是墓碑上的字已经依稀不清，只有一个王字是看得出来的，裔缃两字都成了模模糊糊的一团，胡三桥说，我想替你描的，可是我不认得这两个字，怕描错了，这几年，我一直没有见到你们来上坟，就更不能描了，万一描错了，你们来了，就找不到他了。王勇掏钱给胡三桥，胡三桥说，你不用给我钱，我就是公墓管理处的工作人员，这就是我们的工作。王勇说，你就收下吧，这是我的一点心意，我不能来给父亲送终，也不能亲手葬自己的父亲，这几年里，我一直在忙一直在忙，没有来看望父亲，却是你天天在陪着他，我的这种心情，你应该理解，应该接受的。胡三桥说，我理解的，我把你这张纸条留下来，我会用心替你描，你下次再来的时候，就是清清楚楚的王裔缃了。胡三桥向王勇要了一张纸，也写下了自己的名字交给王勇，他说，以后有什么事情，你就到山脚下的公墓管理处找我。王勇接过那张纸看到"胡三桥"三个字，王勇"咦"了一声，说，胡三桥？你也叫胡三桥？胡三桥说，你认得我吗？王勇说，不是，是另一个人，是画家，他也叫胡三桥。前些天，王勇刚刚收购了一幅胡三桥的画，是一幅古木高士图，清秀飘逸。胡三桥说，怪不得，我也一直想，是不是也有个什么人叫胡三桥，因为有时候扫墓的人也会像你这么说，咦，你也叫胡三桥？我就猜想，肯定有个有名的人叫胡三桥，可惜我不知道他是谁，我们这个地方比较闭塞，听不到外面的消息，从前当兵的时候，也从来没有听到过有人也叫胡三桥的。要是哪天碰见那个胡三桥，倒蛮有意思的。王勇说，胡三桥是清朝时的人。胡三桥说，那我在这里碰不到他了。

　　王勇在父亲的坟头点了香，烧了纸钱，然后三鞠躬，他鞠躬的时候，胡三桥就默默地站着，跟在他身边。等王勇做好了这一些仪式，胡三桥说，你不是本地人，本地人都要带点菜啦点心啦，都是家里烧了带来的，这是风俗习惯。王勇确实不是本地人，他的家乡在遥远的北方，很多年前的一个黑夜，父亲抱着妹妹，母亲牵着他，他们逃离了自己的家乡，父亲说，逃吧，逃吧，再不逃走，我们都没命了。他们扒上了南下的火车，中途被赶下来，又扒上另一辆火车，他们不是漫无目标的逃亡，他们有方向，有目标，他们的目标就是父亲的堂弟王长贵。

　　可是他们最后找到的王长贵不姓王，姓黄，叫黄长贵。只不过在南方的乡下，王和黄的发音是一样的，所以当父亲领着衣衫褴褛的一家人在村人的指点下找到王长贵时，王长贵虽然承认自己叫王长贵，但他实在记不起来自己有这么一位来自北方的叫王肃缃的堂兄。父亲说，你是叫王长贵吗？王长贵说，我是叫王长贵呀。父亲说，那没有理由你不认得我，我是王肃缃。两个月前我们还通过信，我说我的日子不好过，你叫我过不下去就来投奔你，我才拖家带口地来了，你还说乡下人好弄，不管从前的那些事，地主也和贫下中农一样参加劳动拿工分，所以我才来的。黄长贵说，冤枉啊，我家祖祖辈辈都是当地人，堂的表的什么的亲戚也都是当地人，没有人远走他乡，连嫁到他乡的也没有。

一直到最后小学里的赵老师来了，他说，这位王同志，你是哪个王，三横王还是草头王？父亲说，当然是三横王，草头的怎么是王呢，草头的是黄呀。赵老师一拍巴掌，于是大家才搞明白了，王长贵叫黄长贵，也才弄明白这个地方王和黄是不分的，曹和赵也是不分的，赵老师说，就像我吧，大家都叫我曹老师，哪一天要是到外面开会，有人喊我赵老师，我不会答应的，我已经习惯我叫曹老师了。王勇的父亲找到的这个人不是父亲的堂弟王长贵，他是一个陌生人，父亲找错了地方。他们应该继续去寻找王长贵，可黄长贵说，既然错了，将错就错吧，反正王黄不分，不分是什么？不分就是一家人，你们就住下来吧，我就是你的堂弟王长贵。父亲提心吊胆，他担心万一有人问起来这算什么呢，可是黄长贵很坦然，他说，这有什么奇怪，要是有人问我，我就说，你们知道王黄不分的，当年报户口本的时候你们写错了，要怪，也只能怪你们办事没道理。黄长贵真的就成了王长贵，成了王勇的堂叔。

很多年以后，王裔缃去世了，王长贵替他办了后事，买了墓地。料想不到的是，等到王勇终于回来祭拜父亲的时候，王长贵也已经躺在墓地里了。

现在站在父亲的坟前，王勇的思绪走出去很远很远，他听到胡三桥说，你是北方人吧，我部队里的战友，也有很多北方来当兵的，也跟你这样，个子高，你们喜欢说，咱家乡那旮旯。旮旯那两个字，很奇怪的，一个九在上，日在下，一个日在上，九在下，不知道是什么意思。王勇说，那是东北人，我们是华北。胡三桥说，华北我也知道的，华北大平原。胡三桥又说，你们华北的风俗是怎样的呢，上坟的时候上些什么？王勇说，我们从小就离开家乡了，我爸爸没有跟我说起过风俗的事情，也可能他是想告诉我的，但是没有来得及。我一直在外面忙，很多年都没有回老家了。胡三桥说，我也出去好多年，我在老山前线打仗的时候，家里人都以为我死了，其实我没有死，但是我的好多战友死了，他们就葬在那个地方了，再也回不来了。我那时候想不通，思想上有点不正常，老是钻牛角尖，昨天还好好的活着的人，活蹦乱跳的，今天就没了，就躺到地底下去了，我想不通，我在他们的墓地里走来走去，我想也许他们没有死，会爬起来，那个墓地很大，我走来走去，看到的名字都是我的战友，都是熟悉的名字，但这些名字，后来被风吹雨打，渐渐地看不清了，我就拿了笔和红漆，去替他们描名字。后来他们就叫我复员了，我知道，他们以为我的神经出了问题，其实我心里清楚，不是神经问题，只是思想上有疙瘩，后来我就回来了。我离开家乡的时候，白鹤山还是一座长满了树的山，我回来的时候，它已经做了公墓，我当公墓管理员，替住在这里的人描他们的名字，其实你大概能猜到，我可能是在完成我的一个心愿。王勇说，你还是惦记着你的战友。胡三桥说，你猜对了。

王勇要走了，让父亲永远地孤独凄凉地躺在这里，胡三桥明白王勇的心思，在墓地里胡三桥经常看到这样的人，他看得多了，就能猜到他们的心思，所以胡三桥说，你放心去好了，我会在这里陪着他们，我会拔草修枝描字，让这个坟看上去很清爽，明年清明的时候，你有空再过来看看，没有空的话，也不用年年来的，过几年来看看也行。王勇的心，忽然就放了下来，踏实了，胡三桥就是他的一个朋友，一个亲人，一个可以把任何事情托付给他的可靠的人。

王勇回去以后，渐渐地安定下来，又回到繁忙的工作中，在工作之余，他的爱好是欣赏书画作品。但自从去扫墓归来，王勇每次都会不由自主地从许多藏品中独独地挑出胡三桥的那幅古木高士图。王勇收购的这幅胡三桥，算不上他收藏中的珍品，价格也不贵，是一幅比较一般的画，胡三桥也不是个名头很大的清朝画家，王勇这里，有扬州八怪，还有更古时代的画家的作品，也还有近来很看涨的一些人，比如陆俨少，等等，但是王勇忽然对胡三桥有了兴趣，研究起胡三桥来，好像有一个任务在等着他去完成似的。王勇觉得，可能是因为惦记着墓地里的那个胡三桥，好像老是有话要跟他说，当时忘记向他要一个电话，现在跟他联系不上。他也曾花了些时间和精力，几经周折查到了白鹤山公墓管理处的电话，查到号码后，王勇就把电话打了过去，找胡三桥，接电话的人不是胡三桥，王勇听到他在电话那头喊，老胡，老胡，电话。但是没有胡三桥的回音，接电话的人对王勇说，对不起，胡三桥走出去了，你哪里，找他有急事吗？王勇愣了愣，他没有急事，甚至也没有不急的事，什么事也没有，所以他一时说不出话来。电话那头的人又说，你是客户吧，有什么事情跟我说一样的，或者，你改天再打来找胡三桥都可以。电话就挂断了。王勇没有再打胡三桥的电话，却把惦记的心情转到画家胡三桥身上了。

但是胡三桥的资料并不多，王勇先从网上查了一下，只有如下的内容：胡锡珪（1839—1883），初名文，字三桥。江苏苏州人。胡三桥的基本情况就这些，倒是他的名号和印章特别的多。从这些名号和印章中也许能够了解一点胡三桥一百多年前的某些想法，但王勇总觉得不够，还差些什么，王勇又去买了其他一些书和词典，但那里边写到胡三桥的，都只有很小的一段。比如有一本书上介绍，胡三桥是苏州吴县人，画过《除夕钟馗图》，现在收藏在故宫博物院。仅此而已。在故宫博物院藏品《明清扇面书画集》第二册中，看到他的一幅寒江独钓图，但介绍的文字就更少了，胡锡珪，号三桥。苏州人。工人物、花卉。

王勇的工作助理说，王总，你要买什么资料，你把单子开出来，我们替你跑书店。王勇说，还是我自己找吧，我也不知道我要什么样的资料，要看起来才知道。王勇经常出差，逛了全国许多大书店，也仍然没有找到更多的关于胡三桥的东西。

王勇寻找胡三桥和了解胡三桥的想法搁浅了，他的事业蒸蒸日上，越来越忙，他以为胡三桥渐渐从他心里走开了。不久以后他有个项目在苏州投资，和以往的谈判不同，宴席上除了政府领导和企业家，还来了一位特殊的人物，他是这个镇文化站的老站长，早已经退休了，现在却频频出现在乡镇的经济项目谈判中。他是来讲文化的，他要向大家证明，这个地方有丰厚的历史沉淀和文化底蕴，是可持续发展的风水宝地。五十年前，老站长还是城里一名年轻的小学老师，有一个星期天，他在朋友那里借到了一辆自行车，就骑着它出发了，他走呀走，最后就在这个离太湖不远的小镇上停了下来。老站长自己都没有想到，这一停，他就再也没有离开过。他被个地方吸引了，走不了了，他从一个城里人变成了乡下人，在以后的几十年里，大家都知道文化站有个城里来的站长，但是很少有人见到他，老站长永远在乡下跑，他从这个村跑到那个村，又从那个村跑到这个村，寻找名人遗迹，了解风土人情，搜集历史留下来的点点滴滴。老站长退休以后，更如泥牛入海，遁无踪影。可是忽然有一天，老站长被找到了，被请了出来。在从前的漫长的岁月里，老站长将那些东西一点一滴地装进自己的肚子里，现在到了他将它们大把大把还出来的时候。老站长像一尊珍贵的出土文物，被供到乡镇的每一个宴席上，他怀揣着几十年里拍下的几百幅黑白和彩色的照片，告诉大家，这是吴王井，这是古里桥，他还讲了一件又一件的名人轶事，讲了一个又一个的民间故事和民间传说，他喝了酒，脸颊通红，两眼放光，他的话多得超过了乡镇的主要领导，但领导始终兴致勃勃，他并不因为老站长喧宾夺主没有了他说话的余地而显得情绪低落，他是一位年轻的有水平有作为的干部，他知道，这是科学发展观。

其实一到苏州，王勇就已经明白了，固执的胡三桥并没有走，他仍然盘踞在他的心底深处。现在王勇再一次动了打听胡三桥的念头，可是老站长的话语像放了闸的江水，滔滔不绝，汹涌澎湃，没有任何人能够插到他的话里边去。后来王勇终于等到了机会，那时候镇领导的手机忽然响了，因为他的手机铃声比较奇怪，是一个东北口音的人在讲话，有人找你了，有人找你了，而且声音还特别响亮，一下子把老站长愣住了。老站长没有发现桌上有人说话，但怎么会听到有人用东北方言说话呢。就在这时候，王勇抓住了机会，说，老站长，我刚才听你说到这地方的地名，许多是王家浜，李家湾，都和水有关系吧，那有没有胡家浜或者胡家湾之类呢？老站长已经回过神来，因为他已经弄清楚插进他的密不透风的话语中说东北话的是手机，所以他很快调整了思绪，迅速地回答说，有，有个胡家浜，就在太湖边上。王勇说，会不会是胡三桥的家乡？老站长愣了愣，奇怪地看了看王勇，说，胡三桥？你是说胡三桥？你知道胡三桥？王勇说，我一直在找胡三桥。老站长说，你没有搞错人吧，胡三桥不是现在的人，是清朝的人，他是画家，可惜名头不大，很少有人知道他的。而且，而且，他的名字并不叫胡三桥，三桥是他的号，他的名字叫胡锡珪，生于道光年间，死于光绪年间，你找的是他吗？王勇说，是他，这个胡家浜，有胡家的后人吗？老站长说，没有，胡家浜没有姓胡的人家。从前也有人到这里来找胡三桥，我带他们去胡家浜，可是胡家浜的人都不姓胡。王勇说，那胡家浜不是胡三桥的家乡？老站长说，胡家浜的人说，从前太湖常闹水灾，一闹灾，许多人家就连根带枝整个家族都迁走了，其中很可能就有胡家。王勇说，有什么可以证明的吗？老站长说，没有，没有证明，也没有家谱，也没有后人，甚至没有野史，没有传说，没有民间故事，什么也没有，可能因为胡三桥名头不大。可是胡家浜的人不在乎什么证明，他们说胡三桥就是他们的人，要不然，他们村怎么会叫胡家浜呢。前两天我去的时候，他们正商量着要到外面去寻找胡三桥的线索和资料，他们说，虽然现在我们没有人姓胡，但是我们不会忘记先人，没有先人就没有我们的今天。

在王勇听到这地方有个胡家浜村的那一瞬间，王勇是决定要到那里去的，可是后来他改变了主意。从苏州回去后，王勇划掉了工作日程上的所有计划，决定回一趟老家。很多年前王勇离开家乡，他其实早就应该回一趟家乡了，但他总觉得自己还做得不够，他又继续努力，日积月累地把事业做大做强，但他还觉得不够。本来他的还乡计划还要往后拖，但是现在王勇忽然说，我要回家了。

王勇是个果断的人，做事情从不拖泥带水，有时候，他去欧洲的某一个城市谈工作，一来一去也不过两三天时间，这许多年他在世界的上空飞来飞去，也有无数次经过家乡的上空，但他始终没有停下来。王勇决定回家的第二天，就已经到了家乡所在的镇子。其实家乡离他并不算很远，但在他感觉中，家乡是远的，远到回来一趟，竟花去了他几乎半辈子的准备时间。

王勇在家乡受到隆重的接待，大家都猜王勇会带回一些钱来，为家乡做点事情，修一条路，造一座桥，建一所小学，事实也果然如此，王勇决定资助家乡的钱，比大家事先猜测估算的还多一点，结果是皆大欢喜。

最热闹最高潮的是最后的宴席，摆了好几桌，把附近的老人都请来了，还有家族里的远远近近的亲戚。王勇小的时候，他们是看着他怎么长起来的,现在王勇长大了,回来了,他们都很高兴,他们还记得王裔缃携全家逃走的那个夜晚,有一个人说,你们走了以后,就下雪了。

后来王勇的一位堂叔喝了几杯酒,脸红起来,他拉住王勇的手说,小勇啊,我经常在电视里看到你。另一位表叔说,可是你比电视里瘦多了。大家都看着王勇,研究着他和电视里的王勇的不同之处。王勇有些发愣,他一直就是这个样子,胖也胖不起来,瘦也瘦不下去,电视他是很少上的,只有一次,是做一个关于清代画家画品的欣赏节目,请到他,他去了,与他的工作是没有关系的,纯粹是业余爱好,而且也不是新闻节目,是一个纯艺术的节目,想不到家乡的人竟也看到了。至于胖和瘦的差别,王勇想,也许是拍摄角度的关系吧。一个表兄有点担心地说,王总,你身体怎么样,不是突然瘦下来的吧,突然瘦下来,就要当心了。这个表兄的话,让大家的兴奋情绪有些低沉下去,所以另一个表兄不乐意地说,你不懂就不要胡说,从前都说千金难买老来瘦,现在年纪不大的人,也都喜欢瘦,瘦一点身体反而好,反而有精神。叫王勇要小心的那个表兄也知道自己说了不该说的话,就赶紧扯回来,说,是呀,一看就知道王总身体很好,要是身体不好,他能造那么多的高楼大厦吗?大家就轮着说楼了,一个说,怎么不是,我们看到电视里拍出来,你造的那些楼,真棒。另一个说,听说你已经把楼造到北京去了。再一个说,还北京呢,王勇已经在美国造楼了。

王勇这才明白了，乡亲们把他当成了另一个王勇，那个王勇是南方的一位房产大鳄，他胖而高大，在圈内素有"巨鳄王勇"之称。他个性鲜明，不喜欢低调生活，经常在各种媒体露面，乡亲们在电视上看到的，就是他。这是和王勇的名字一样但经历和从事的事业完全不一样的另一个王勇。

起先王勇还想跟大家解释一下，但他很快就放弃了这个念头，对乡亲们来说，他是哪一个王勇其实并不重要，只要他是王勇就行。

清明时节，王勇带着女儿来白鹤山扫墓。正是扫墓的高峰时候，公路上车辆堵塞，公路两边摆满了摊子，卖鲜花、卖纸钱，还卖各种各样的冥品，豪华轿车，漂亮姑娘，别墅，钻石项链，都做得很精致，还有一个壮汉在喊，伟哥伟哥，便宜的伟哥，一块钱一打，一块钱一打。伟哥也是纸做的，在阴间的人，使用的物品，全都是纸做的，而且要在他的坟前焚化，不然他就用不上。王勇的女儿看着这些冥品，笑得弯下腰，掉出了眼泪，许多扫墓的人，不知她在笑什么，都拿奇怪的怀疑的眼神看着她，又看那些冥品，他们没有从那里边看出什么好笑来。

王勇的车堵在了一个妇女的摊前，这个妇女的摊上，没有那么多东西，她只卖纸钱和香烛。中午时间，一个孩子来给妇女送午饭，午饭装在一个搪瓷罐子里，是白米饭和一些青菜，但妇女并没有吃，她正在做生意，她说，买点香烛吧，买点纸钱吧。王勇买了纸钱香烛，他还想买一束鲜花，妇女说，这里买不到真正的鲜花。王勇说，我知道，他们卖的花，都是从坟上捡来的。妇女说，你要鲜花，其实可以到地里去摘，你往山上走的时候，沿路都有花，虽然是细碎的小花，但它们是新鲜的。王勇说，你可以摘一点来卖的。妇女说，我婆婆从前是摘来卖的，但是人家不要，人家嫌这花太小，夹在叶子里，看也看不到五颜六色。他们宁可去买人家用过的花，那样的花朵好大。后来我婆婆老了，人家不买她也仍然去摘花，不过这没有什么，人老了，脑子都不好，后来她更老了，把鞋子放在锅子里煮汤给我们喝。妇女不说话了，她的小孩说，后来婆婆死了。

王勇和女儿往山上去，他们果然沿路看到一些很细碎的花，女儿告诉王勇，白色紫斑花叫萝藦，又名芄兰，黄色小花叫旋覆花，是旋覆花中的线叶旋覆花，所以它的花形比较小，蓝色的小花又叫什么什么，因为名字太专业，王勇记不住，他只记得女儿说，它们都是草本花卉。女儿学的专业，在美国大家管它叫包特捏，翻译成中文意思就是植物学。

他们往东，登上台阶，找到了王齑绀的碑，石碑上的字已经描过了，很醒目，很鲜艳，也刚劲有力。女儿说，我一直以为爷爷叫王季湘呢，原来是王齑绀。为什么爷爷自己的名字这么复杂，给你却起了个再普通不过的名字，我从幼儿园起，班上就有同学叫王勇，在初中的那个班上，有两个王勇呢，现在在美国的那个学校里，居然也有叫王勇的。王勇说，现在中国的孩子去美国念书的好多。

女儿登高望远，露出了一些怀疑的神色，她说，我以为这里有大片的水，有湖，或者有很宽的河，可是没有。鹤应该生活在水边，它要吃鱼，可是这里没有水，怎么会有鹤呢。女儿并不需要王勇的回答，她自己完全能够解释自己的怀疑，她说，谁知道呢，也许从前不是这样子的，也许从前这里有很多的水。王勇也并没有把女儿的话听进心里去，他心里装着另外一个人，他的名字叫胡三桥。可是胡三桥始终没有出现，今天扫墓的人太多，胡三桥一定忙不过来了。最后王勇来到公墓管理处，跟办公室里的那个人说，我找胡三桥。这个人就跑出去喊胡三桥，他大声道，胡三桥，胡三桥，有人找。后来胡三桥就跟着那个喊他的人一起进来了，问道，谁找我？喊胡三桥的那个人指了指王勇，他找你。胡三桥就站到了王勇面前，说，你找我吗？可王勇说，我找胡三桥，不是找你。胡三桥说，怎么不是我，我就是胡三桥。王勇说，那这里还有没有另一个胡三桥？胡三桥说，开玩笑了，这个名字，人家都觉得很少见的，有一个已经不容易了，还会有几个？王勇说，你是什么时候进管理处的？胡三桥说，开始筹建时我就在这里了。那个去喊胡三桥进来的人说，胡三桥是三朝元老。王勇说，就奇怪了，那年我来的时候，碰到胡三桥，他还替我描了字。胡三桥说，他收你钱吗？王勇说，他是公墓管理处的，就是做这个工作，不能额外再收钱，但是我硬给了他，这是我的一点心意，我不能陪着父亲，却是你们天天陪着他，应该收下的。胡三桥和那个去喊他的人交换了一下眼神，胡三桥说，老金，你觉得会是哪一个呢。老金说，唉，猜也猜不到，捉也捉不尽。他们告诉王勇，附近的一些农民，老是冒充公墓管理处的工作人员，在坟地里拔几根草骗人的钱。因为这个公墓大，我们想管也管不住，我们一上山吧，他们就四散溜开了，我们一走吧，他们又围聚过来。王勇说，可我见到的那个胡三桥，是个复员军人，他穿着迷彩服。胡三桥说，这地方的农民都穿迷彩服的，他们觉得穿迷彩服人家就会相信他了。王勇说，可他是从老山前线回来，他一直惦记着牺牲在前线的战友，因为在公墓管理处工作，他好像还天天陪伴着他的战友。他说他叫胡三桥。胡三桥和老金又对视了一眼，胡三桥说，你上当了，他不是胡三桥，我才是胡三桥。王勇心里明白，他应当相信眼前的这个胡三桥是真的胡三桥，但是在他的意识深处，却又觉得他不应该是胡三桥，那个在墓地里描字的人才是胡三桥。可胡三桥说，他不仅不是胡三桥，也不是复员军人，穿迷彩服也没有用。王勇说，他不仅穿迷彩服，他的气质也像军人，他还讲了许多老山前线的故事，他的战友都埋在那里，他就在那边的墓地里转来转去，喊着战友的名字，拿了笔和红漆把战友的名字描了一遍又一遍，后来他就复员回来了。胡三桥说，是他编出来的故事，事实不是这样的。王勇说，事实是怎样的呢？胡三桥说，事实么，事实就是，我是胡三桥。王勇说，那他是谁呢？胡三桥摇了摇头，说，对不起，这时节好多农民都跑到公墓里去，满山遍野都是，我们猜不出他是哪一个。

王勇心里像是被掏空了，因为墓地里的那个胡三桥已经深深地印在他的心里，甚至已经和他的心连在一起了，要将胡三桥从他的心里拿出来，赶走，他的心，忽然间就空空荡荡了。他无论如何也不能接受那个穿着迷彩服用红漆描字的人不是胡三桥，王勇甚至觉得，只要自己能够见到他，他就还是胡三桥。但是王勇见不到他，他也许正在墓地里，但是墓地太大，王勇找不到他。

女儿在农民的摊子上买了做成蜜饯的梅子和杏子，农民给了她一张名片，叫她下次来的时候还找他买梅子。女儿拿那张名片过来给王勇看，女儿说，笑死人了，他说他姓万，我一看这上面，明明是姓范，他非说姓万，这里的人，范和万分不清的？

就在这一瞬间里，在王勇沮丧灰暗的心头忽然地闪过了一点光亮，这一点光亮将他的混沌的思想照耀得透彻通明，王勇又惊又喜，大惊大喜，他知道了，公墓管理处的那个人一定是叫吴三桥，穿迷彩服的才是真正的胡三桥！王勇早在三十多年前就知道了，这个地方，吴和胡是不分的。

这时候王勇的手机响了，一个朋友发来短信，短信的内容是这样的:"壑斋戢笄畿戢丮尬瑭槊匂眳孩贲葸歺醯葀鼹呐呰奋醓欬嗺籨駴丒,你个文盲,你认得几个字?还好意思笑呢。"

2005 年

城乡简史

自清喜欢买书。买书是好事情，可是到后来就渐渐地有了许多不便之处，主要是家里的书越来越多。本来书是人买来的，人是书的主人，结果书太多了，事情就反过来了，书挤占了人的空间，人在书的缝隙中艰难栖息，人成了书的奴隶。在书的世界里，人越来越渺小，越来越压抑，最后人要夺回自己的地位，就得对书下手了。怎么下手？当然是把书处理掉一部分，让它还出位置来。这位置本来是人的。

自清的家属特别兴奋，她等了许多年终于等到了这一天，对于家里摆满了的书，她早就欲除它们而后快。在自清的决心将下未下、犹犹豫豫的这些日子里，她没有少费口舌，也没有少花心思，总之是变着法子说尽书的坏话。家里的其他大小事情，一概是她作主的，但唯一在书的问题上，自清不肯让步，所以她也只能以理服他，再以事实说话。她拿出一些毛料的衣服给他看，毛料衣服上有一些被虫子蛀的洞，这些虫子，就是从书里爬出来的，是银灰色的，大约有一厘米长短，细细的身子，滑起来又快又溜，像一道道细小的闪电，它们不怕樟脑，也不怕敌杀死，什么也不怕，有时候还成群结队大摇大摆地在地板上经过，好像是展示实力。后来自清的家属还看到报纸上有一个说法，一个家庭如果书太多，家庭里的人常年呼吸在书的空气里，对小孩子的身体不好，容易患呼吸道疾病，自清认为这种说法没有科学性，但也不敢拿孩子的身体来开玩笑。就这样，日积月累，家属的说服工作，终于见到了成效，自清说，好吧，该处理的，就处理掉，屋里也实在放不下了。

处理书的方法有许多种，卖掉，送给亲戚朋友，甚至扔掉。但扔掉是舍不得的，其中有许多书，自清当年是费了许多心思和精力才弄到手的，比如有一本薄薄的书，他是特意坐火车跑到浙江的一个小镇上去觅来的，这本书印数很少，又不是什么畅销书，专业性比较强，这么多年下来，自清从来没有在别的地方看到过它，现在它也和其他要被处理的书躺在了一起。自清看到了，又舍不得，又随手捡了回来，他的家属说，你这本也要捡回来那本也要捡回来，最后是一本也处理不掉。家属的话说得不错，自清又将它丢回去，但心里有依依惜别隐隐疼痛的感觉。这些书曾经是他的宝贝，是他的精神支柱，一些年过去了，他竟要将它们扔掉？自清下不了这样的手。家属说，你舍不得扔掉，那就卖吧，多少也值一点钱。可是卖旧书是三钱不值两钱的，说是卖，几乎就是送，尤其现在新书的书价一翻再翻，卖旧书却仍然按斤论两，更显出旧书的贱，再加上收旧货的人可能还会克扣分量，还会用不标准的秤砣来坑蒙欺骗。一想到这些书像被捆扎了前往屠宰场的猪一样，而且还是被堵住了嘴不许嚎叫的猪，自清心里就有说不出的难过，算了算了，他说，卖它干什么，还是送送人吧。可是谁要这些书呢，自清的小舅子说，我一张光盘就抵你十个书屋了，我要书干什么？也有一个和他一样喜欢书的人，看着也眼馋，家里也有地方，他倒是想要了，但他的老婆跟自清的家属不和，说，我们家不见得穷得要捡人家丢掉的破烂。结果自清忍痛割爱的这些书，竟然没个去处。

正好这时候，政府发动大家向贫困地区的学校捐赠书籍或其他物资，自清清理出来的书，正好有了去处，捆扎了几麻袋，专门雇了一辆人力车，拖到扶贫办公室去，领回了一张荣誉证书。

时隔不久，自清发现他的一本账本不见了。自清有记账的习惯，从很早的时候就开始了，许多年坚持下来，每年都有一本账本，记着家里的各项收入和开支。本来记账也不是一件很特别的事，许多家庭里都会有一个人负责记账，也是长年累月坚持不变的。但自清的记账可能和其他人家还有所不同，别人记账，无非就是这个月里买了什么东西，用了多少钱，再细致一点的，写上具体的日期就算是比较认真的记法了。总之，家庭记账一般就是单纯地记下家庭的收入和开销，但自清的账本，有时候会超出账本的内容，也超出了单纯记账的意义，基本上像是一本日记了，他不仅像大家一样记下购买的东西和价钱，记下日期，还会详细写下购买这件东西的前因后果，时代背景，周边的环境，当时的心情，甚至去哪个商店，是怎么去的，走去的，还是坐公交车，或者是打的，都要记一笔。天气怎么样，也是要写清楚的，淋没淋着雨，晒没晒着太阳，路上有没有堵车，都有记载，甚至在购物时发生的一些与他无关、与他购物也无关的别人的小故事，他也会记下来，比如某年某月某日的一次，他记下了这样的内容：下午五时二十五分，在鱼龙菜场买鱼，两条鲫鱼已经过秤，被扔进他的菜篮子，这时候一个巨大的霹雳临空而降突然炸响，吓得鱼贩子夺路而逃，也不要收鱼钱了，一直等到雷雨过后，鱼贩子不知从哪里冒了出来，自清再将鱼钱付清，以为鱼贩子会感动，却不料鱼贩子说，你这个人，顶真得来。好像他们两个人的角色是倒过来的，好像自清是鱼贩子，而鱼贩子是自清。这样的账本早已经离题万里了，但自清不会忘记本来的宗旨，最后记下：购买鲫鱼两条，重六两，单价：5元／斤，总价：3元。这样的账本，有点喧宾夺主的意思，记账的内容少，账外的内容多，当然也有单纯记账的，只是写下，某年某月某日某时在某某街某某杂货店购买塑料脸盆一只，蓝底绿花，荷花。价格：1元3角5分。

但是自清的账本,虽然内容多一些杂一些,却又是比较随意的,想多记就多记一点,想少写就少写一点,心情好又有时间就多记几笔,情绪不高时间不够就简单一点,也有简单到只有自己能够看得懂的,比如,手:175元。这是记的缴纳的手机费,换一个人,哪怕是他的家属,恐怕也是看不懂的。甚至还有过了几年后连他自己都看不懂的内容,比如,南吃:97元。这个"南吃",其实和许许多多的账本上的许许多多内容一样,过了这一年,就沉睡下去了,也许永远也不会再见世面的,但偏偏自清有个习惯,过一段时间,他会把老账本再翻出来看看,并没有什么目的,也没有什么意义,甚至谈不上是忆旧什么的,只是看看而已,当他看到"南吃"两个字的时候,就停顿下来,想回忆起隐藏在这两个字背后的历史,但是这一小片历史躲藏起来了,就躲藏在"南吃"两个字的背后,怎么也不肯出来,自清就根据这两个字的含义去推理。南吃,吃,一般说来肯定和吃东西有关,那么这个南呢,是指在本城的南某饭店吃饭?这本账本是五年前的账本,自清就沿着这条线去搜索,五年前,本城有哪些南某饭店,他自己可能去过其中的哪些?但这一条路没有走通,现在的饭店开得快也关得快,五年前的饭店现在已经没有人记得清楚了,再说了,自清一般出去吃饭都是别人请他,他自己掏钱请人吃饭的次数并不多,所以自清基本上否定了这一种可能性。那么"南吃"两字是不是指的在带有南字的外地城乡吃饭,比如南京,比如南浔,比如南方，比如南亚，比如南非，等等，采取排除法，很快又否定了这些可能性，因为自清根本就没有去过那些地方，他只去过一个叫南塘湾的乡镇，也是别人请他去的，不可能让他买单吃饭。自清的思路阻塞了，他的儿子说，大概是你自己写了错别字，是难吃吧？这也是一条思路，可能有一天吃了一顿很难吃的饭，所以记下了？但无论怎么想，都只能是推测和猜想，已经没有任何的记忆更没有任何的实物来证明"南吃"到底是什么，这九十多块钱，到底是用在了什么地方。好在这样的事情并不多，总的说来，自清的记账还是认真负责的。

自清的账本里有许多账目以外的内容，但说到底，就算是这样的账本，也并没有什么重大的意义，甚至也没有什么实际的作用。自清的初衷，也许是想用记账的形式来约束自己的开销花费，因为早些年大家的经济都比较拮据，总是要想尽一切办法节约用钱，记账就是办法之一，许多人家都这么办。而实际上是起不到多大的作用的，该记的账照记，该花的钱还是照花，不会因为这笔钱花了要记账，就不花它了。所以，很多年过去了，该花的钱也花了，甚至不该花的也花了不少。账本一本一本地叠起来，倒也壮观，唯一的用处就是在自清有闲心的时候，会随手抽出其中一本，看到是某某年的，他的思绪便飞回这个某某年，但是他已经记不清某某年的许多情形了，这时候，账本就帮助他回忆，从账本上的内容，他可以想起当年的一些事情，比如有一次他拿了1986年的账本出来，他先回想1986年是一个什么样的年头，但脑子里已经没有具体的印象了，账本上写着，1986年2月，支出部分。2月3日支出：16元2角（酒：2元，肉皮：1元，韭菜：8角，点心：1元，蜜枣：1元3角，油面筋：4角，素鸡：8角，花生：5角，盆子：8元4角。）在收入部分记着：1月9日，自清月工资：64元。

当年的账本还记得比较简单，光是记账，但只是看看这样的账，当年的许多事情就慢慢地回来了，所以，当自清打开旧账本的时候，总是一种淡淡的个人化的享受。

如果一定要找出一点实际的作用，在自清想来，也就是对下一代进行一点传统教育，跟小孩子说，你看看，从前我们是怎么过日子的，你看看，从前我们过个年，就花这一点钱。但对自清的孩子来说，似乎接受不了这样的教育，他几乎没有钱的概念，就更没有节约用钱的想法，你跟他讲过去的事情，他虽然点着头，但是目光迷离，你就知道他根本没有听进去。

自清开始的时候可能是因为经济条件差，收入低，为了控制支出才想到记账的，后来条件好起来，而且越来越好，自清夫妻俩的工作都不错，家庭年收入节节攀升，孩子虽然在上高中，但一路过来学习都很好，肯定属于那种替父母扒分的孩子，以后读大学或者出国学习之类都不用父母支付大笔的费用，家里新房子也有了，还买了一辆车，由家属开着，条件真的不错，完全没有必要再记账。更何况，这些账本既没有什么实际的用处，却又一年一年地多起来，也是占地方的，自清也曾想停止记账这一种习惯，但也只是想想而已，他做不到，别说做不到不记账，就算只是想一想，也觉得不行。一想到从此以后就再也没有账本了，心里就立刻会觉得空荡荡的，好像丢失了什么，好像无依无靠了，自清知道，这是习惯成自然。习惯，真是一种很厉害的力量。

那就继续记账吧。于是日子就这样一年一年地过去了，账本又一本一本地增加出来，每年年终的那一天，自清就将这一年的账本加入到无数个年头汇聚起来的账本中，按年份将它们排好，放在书橱里下层的柜子里，这是不要公示于外人的，是自己的东西。不像那些买来的书，是放在书橱的玻璃门里面的格子上，是可以给任何人看的，还是一种无言无声的炫耀。大家看了会说，哇，老蒋，十大藏书家，名不虚传。

现在自清打开书橱下面的柜门，就发现少了一本账本，少的就是最新的一本账本。年刚刚过去，新账本还刚刚开始使用，去年的那本还揣着温度的鲜活的账本就不见了。自清找了又找，想了又想，最后他想到会不会是夹在旧书里捐给了贫困地区。

如果是捐给了贫困地区，这本账本最后就和其他书籍一样，到了某个贫困乡村的学校里，学校是将这些捐赠的书统一放在学校，还是分到每个学生手上，这个自清是不知道的。但是自清想，这本账本对贫困地区的孩子来说，是没有用处的，它又不是书，又没有任何的教育作用，也没有什么知识可以让人家学的，更没有乐趣可言，人家拿去了也不一定要看，何况自清记账的方式比较特别，写的字又是比较潦草的字，乡下的小孩子不一定看得懂，就算他们看得懂，对他们也没有意义，因为与他们的生活和人生根本是不搭界的。最后他们很可能就随手扔掉了那本账本。

但是对于自清来说，事情就不一样了，少了这本账本，自清的生活并不受影响，但他的心里却一阵一阵的空荡起来，就觉得心脏那里少了一块什么，像得了心脏病的感觉，整天心慌慌意乱乱。开始家属和亲友还都以为他心脏出了毛病，去医院看了，医生说，心脏没有病，但是心脏不舒服是真的，不是自清的臆想，是心因反应。心因反应虽然不是器质性病变，但是人到中年，有些情绪性的东西，如果不加以控制和调节，也可能转变成具体的真实的病灶。

自清坐不住了，他要找回那本丢失的账本，把心里的缺口填上。自清第二天就到扶贫办公室去，他希望书还没有送走，但是书已经送走了。幸好办公室工作细致，造有花名册，记有捐书人的单位和名字，但因为捐赠物物多量大，不仅有书，还有衣物和其他物品，光造出来的花名册就堆了半房间。办公室的同志问自清误捐了什么重要的东西，自清没有敢说实话，因为工作人员都很忙，如果知道是找一本家庭的记账本，他们会觉得自清没事找事，给他们添麻烦。所以自清含糊地说，是一本重要的笔记本，记着很重要的内容。工作人员耐心地从无数的花名册中替他寻找，最后总算找到了蒋自清的名字。自清还希望能有更细致的记录，就是每个捐赠者捐赠物品的细目，如果有这个细目，如果能够记下每一本书的书名，自清就能知道账本在不在这里，但工作人员告诉他，这是不可能的，其实就算他们不说，自清也已经认识到这一点。也就是说，自清在花名册上找到自己的名字，名字后面的备注里写着"捐书一百五十二册"，就是这件事情的结局了。至于自清的书，最后到了哪里，因为没有记录，没人能说清楚。但是大方向是知道的，那一批捐赠物资，运往了甘肃省，还有一点也是可以肯定的，自清的书和其他许许多多的捐赠物品一样，被捆扎在麻袋里，塞上火车，然后，从火车上被拖下来，又上了汽车，也许还会转上其他运输工具，最后到了乡间的某个小学或中学里。在这个过程中，它们的命运是不可知，是不确定的，麻袋与麻袋堆在一起，并没有谁规定这一袋往这边走那一袋往那边走，搬运过程中的偶然性，就是它们的命运，最后它们到了哪里，只是那一头的人知道，这一头的人，似乎永远是不能知道的。

其实这中间是有一条必然之路的，虽然分拖麻袋的时候会有各种可能性，但每一个麻袋毕竟是有它的去向的，自清的麻袋也一定是走在它自己的路上，路并没有走到头。如果自清能够沿着这条路再往前走，他会走到一个叫小王庄的地方。这个地方在甘肃省西部，后来小王庄小学一个叫王小才的学生，拿到了自清的账本，带回家去了。

王才认得几个字，也就中小那点水平，但在村子里也算是高学历了，他这一茬年龄的男人，大多数不认得字，王才就特别光荣，所以他更要督促王小才好好念书，王才对别人说，我们老王家，要通过王小才的念书，改变命运。

捐赠的书到达学校的那一天，并没有分发下来，王小才回来告诉王才，说学校来了许多书，王才说，放在学校里，到最后肯定都不知去向，还不如分给大家回家看，小孩可以看，大人也可以看。人家说，你家大人可以看，我们家大人都不识字，看什么看。但是最后校长的想法跟王才的想法是一致的，他说，以前捐来的那些书，到现在一本也没有了，与其这样，还不如分给你们大家带回去，如果愿意多看几本书，你们就互相交换着看吧。至于这些书应该怎么分，校长也是有办法的，将每本书贴上标号，然后学生抽号，抽到哪本就带走哪本，结果王小才抽到了自清的那本账本。账本是黑色的硬纸封皮，谁也没有发现这不是一本书，一直到王小才高高兴兴地把账本带回家，交给王才的时候，王才翻开来一看，说，错了，这不是书。王才拿着账本到学校去找校长，校长说，虽然这不是一本书，但它是作为书捐赠来的，我们也把它当作书分发下去的，你们不要，就退回来，换一本是不可能的，因为学校已经没有可以和你们交换的书了，除非你找到别的学生和他们的家长愿意跟你们换的，你们可以自由处理。但是谁会要一本账本呢，书是有标价的，几块，十几块，甚至有更厚更贵重的书，书上的字都是印出来的，可账本是一个人用钢笔写出来的，连个标价都没有，没人要。王才最后闹到乡的教育办，教育办也不好处理，最后拿出他们办公室自留的一本《浅论乡村小学教育》，王才这才心满意足回家去。

那本账本本来王才是放在乡教育办的，但教育办的同志说，这东西我们也没有用，放在这里算什么，你还是拿走吧。王才说，那你们不是亏了么，等于白送我一本书了。教育办的同志说，我们的工作都是为了学生，只要学生喜欢，你尽管拿去就是。王才这才将书和账本一起带了回来。

可教育办的这本书王才和王小才是看不懂的，它里边谈的都是些理论问题，比如说，乡村小学教育的出路，说是先要搞清楚基础教育的问题，但什么是基础教育问题，王才和王小才都不知道，所以王才和王小才不具备看这本书的先决条件。虽然看不懂，但王才并不泄气，他对王小才说，放着，好好地放着，总有你看得懂的一天。丢开了《浅论乡村小学教育》，就剩下那本账本了。王才本来是觉得占了便宜的，还觉得有点对不住乡教育办，但现在心情沮丧起来，觉得还是吃了亏，拿了一本看不懂的书，再加上一本没有用的城里人记的账本，两本加起来，也不及隔壁老徐家那本合算。老徐家的孩子小徐，手气真好，一摸就摸到一本大作家写的人生之旅，跟着人家走南闯北，等于免费周游了一趟世界。王才生气之下，把自清的账本提过来，把王小才也提过来，说，你看看，你看看，你什么臭手，什么霉运？王小才知道自己犯了错，垂落着脑袋，但他的眼睛却斜着看那本被翻开的账本，他看到了一个他认得出来但却不知其意的词：香薰精油。王小才说，什么叫香薰精油？王才愣了一愣，也朝账本那地方看了一眼，他也看到了那个词：香薰精油。

王才就沿着这个"香薰精油"看下去了，他无论如何也想不到，他这一看，就对这本账本产生了强烈的兴趣，因为账本上的内容，对他来说，实在太离奇，实在太神奇。

我们先跟着王才看一看这一页账本上的内容，这是2004年的某一天中的某一笔开支：午饭后毓秀说她皮肤干燥，去美容院做测试，美容院推荐了一款香薰精油，7毫升，价格：679元。毓秀有美容院的白金卡，打七折，为475元。拿回来一看，是拇指大的一瓶东西，应该是洗过脸后滴几滴出来按在脸上，能保湿，滋润皮肤。大家都说，现在两种人的钱好骗，女人和小人，看起来是不假。

王才看了三遍，也没太弄清楚这件事情，他和王小才商榷，说，你说这是个什么东西。王小才说，是香薰精油。王才说，我知道是香薰精油。他竖起拇指，又说，这么大个东西，475块钱？它是人民币吗？王小才说，475块钱，你和妈妈种一年地也种不出来。王才生气了，说，王小才，你是嫌你娘老子没有本事？王小才说，不是的，我是说这东西太贵了，我们用不起。王才说，呸你的，你还用不起呢，你有条件看到这四个字，就算你福分了。王小才说，我想看看475块的大拇指。王才还要继续批评王小才，王才的老婆来喊他们吃饭了，她先喂了猪，身上还围着喂猪的围裙，手里拿着猪用的勺子，就来喊他们吃饭，她对王才和王小才有意见，她一个人忙着猪又忙着人，他们父子俩却在这里瞎白话。王才说，你不懂的，我们不是在瞎白话，我们在研究城里人的生活。

王才叫王小才去向校长借了一本字典，但是字典里没有"香薰精油"，只有香蕉香肠香瓜香菇这些东西，王才咽了一口口水，生气地说，别念了，什么字典，连香薰精油也没有。王小才说，校长说，这是今年的最新版本。王才说，贼日的，城里人过的什么日子啊，城里人过的日子连字典上都没有。王小才说，我好好念书，以后上初中，再上高中，再上大学，大学毕业，我就接你们到城里去住。王才说，那要等到哪一年。王小才掰了掰手指头，说，我今年五年级，还有十一年。王才说，还要我等十一年啊，到那时候，香薰精油都变成臭薰精油了。王小才说，那我就更好好地念书，跳级。王才说，你跳级，你跳得起来吗，你跳得了级，我也念得了大学了。其实王才对王小才一直抱有很大希望的，王小才至少到五年级的时候，还没有辜负王才的希望，王才也一直是以王小才为荣的，但是因为出现了这本账本，将王才的心弄乱了，他看着站在他面前拖着两条鼻涕的王小才，忽然就觉得，这小子靠不上，要靠自己。

王才决定举家迁往城里去生活，也就是现在大家说的进城打工，只是别人家更多的是先由男人一个人出去，混得好了，再回来带妻子儿子。也有的人，混得好了，就不回来了，甚至在城里另外有了妻子儿子；也有的人，混得不好，自己就回来了。但王才与他们不同，他不是去试水探路的，他就是去城里生活的，他决定要做城里人了。

说起来也太不可思议，就是因为账本上的那四个字"香薰精油"，王才想，贼日的，我枉做了半辈子的人，连什么叫"香薰精油"都不知道，我要到城里去看一看"香薰精油"。王才的老婆不同意王才的决定，她觉得王才发疯了。但是在乡下老婆是作不了男人的主的，别说男人要带她进城，就是男人要带她进牢房下地狱，她也不好多说什么。王小才的态度呢，一直很暧昧，他只觉得心里慌慌的，乱乱的，最后他发出的声音像老鼠那样吱吱吱的，他说，我不要去，我不要去。可是王才不会听他的意见，没有他说话的余地。

王才说走就走，第二天他家的门上就上了一把大铁锁，还贴了一张纸条，欠谁谁谁3块钱，欠谁谁谁5块钱，都不会赖的，有朝一日衣锦还乡时一定如数加倍奉还，至于谁谁谁欠王才的几块钱，就一笔勾销，算是王才离开家乡送给乡亲们的一点心意。王才贴纸头的时候，王小才说，如数加倍是什么意思？王才说，如数就是欠多少还多少，加倍呢，就是欠多少再加倍多还一点。王小才说，那到底是欠多少还多少还是加倍地还呢。王才说，你不懂的，你看看人家的账本，你就会懂一点事了。其实王小才还应该捉出王才的另一些错误，比如他将一笔勾销的"销"写成了"消"，但王小才没有这个水平，他连"一笔勾消"这四个字还是第一次见到。

除了衣服之外，王才一家没有带多余的东西，他们家也没有什么多余的东西，只有自清的那本账本，王才是要随身带着的。现在王才每天都要看账本，他看得很慢，因为里边有些字他不认得，也有一些字是认得的，但意思搞不懂，就像香薰精油，王才到现在还不知道它是什么。

在车上王才看到这么一段："周日，快过年了，街上的人都行色匆匆，但精神振奋，面带喜气。下午去花鸟市场，虽天寒地冻，仍有很多人。在诸多的种类中，一眼就看中了蝴蝶兰，开价800元，还到600元，买回来，毓秀和蒋小冬都喜欢。搁在客厅的沙发茶几上，活如几只蝴蝶在飞舞，将一个家舞得生动起来。"

后来王才在车上睡着了，他做了一个梦，梦见一只蝴蝶对他说，王才，王才，你快起来。王才急了，说，蝴蝶不会说话的，蝴蝶不会说话的，你不是蝴蝶。蝴蝶就笑起来，王才给吓醒了，醒来后好半天心还在乱跳，最后他忍不住问王小才，你说蝴蝶会说话吗？王小才想了想，说，我没有听到过。

这时候，他们坐的车已经到了一个火车小站，在这里他们要去买火车票，然后坐火车往南，往东，再往南，再往东，到一个很远的城市去。中国的城市很多，从来没有出过门的王才，连东南西北也搞不清的王才，怎么知道自己要到哪个城市呢。毫无疑问，是自清的账本指引了王才，在自清的账本的扉页上，不仅记有年份，还工工整整地写着他们生活的城市的名称。他写道：自清于某某年记于某某市。

在这里停靠的火车都是慢车，它们来得很慢，在等候火车到来的时候，王才又看账本了，他想看看这个记账的人有没有关于火车的记载，但是翻来翻去也没有看到，最后王才啪地打了一下自己的嘴巴，说，你真蠢，人家是城里人，坐火车干什么？乡下人才要坐火车进城。

其实自清最后还是去了一趟甘肃。他和王才一家走的是反道，他先坐火车，再坐汽车，再坐残疾车，再坐驴车，最后在甘肃省的西部找到了小王庄，也找到了小王庄小学，最后也知道了自己的账本确实是到了小王庄小学，是分到了一个叫王小才的学生手里，王小才的家长还对此有意见，还跑到学校来论理，最后还在乡教育办拿了另一本书作补偿。自清这一趟远行虽然曲折却有收获，可是他来晚了一步，王小才的父亲带着他们全家进城去了。他们坐的开往火车站的汽车与自清坐的开往乡下的汽车，擦肩而过，会车的时候，王才正在看自清的账本，而自清呢，正在车上构思当天的账本记录内容。但他在车上的所有构思和最后写下的已经不是一回事了，因为在车上的时候，他还没有到达小王庄。

这一天晚上，自清在小旅馆里，借着昏暗的灯火，写下了以下的内容："初春的西部乡村，开阔，一切是那么的宁静悠远，站在这片土地上，把喧嚣混杂的城市扔开，静静地享受这珍贵的平和。我到小王庄小学的时候，校长不在学校，他正在法庭上，他是被告，学校去年抢修危房的一笔工程款，他拿不出来，一直拖欠着。校长当校长第四个年头，已经第七次成为被告。中午时分，校长回来了，笑眯眯地对我说，对不起，蒋同志，让你等了。他好像不是从法庭上下来。平静，也许是因为无奈，也许是因为穷困，才平静。我说，校长，听说你们欠了工程款，校长说，本来我们有教育附加费，就一直寅吃卯粮，就这么挪下去，撑下去，现在取消了教育附加费，挪不着了，就撑不下去了。我说，撑不下去怎么办？校长说，其实还是要撑下去的，学校总是要办的，学生总是要上学的，学校不会关门的，蒋同志你说对不对。面对贫困的这种坦然心态，在日新月异的城市里是很难见着的。今天的开支：旅馆住宿费：3元，残疾车往：5元（开价2元），驴车返：5元（开价1元），早饭：2角。玉米饼两块，吃下一块，另一块送给残疾车主吃了。晚饭：5角。光面三两。午饭：5角（校长说不要付钱，他请客，还是坚持付了，想多付一点，校长坚决不收），和小学生一起吃，白米饭加青菜，还有青菜汤。王小才平时也在这里吃，今天他走了，不知道今天中午他在哪里吃，吃的什么。"

自清最后在王小才家的门上，看到了那张纸条，字写得歪歪扭扭，自清以为就是那个分到他的账本的小学生写的，却不知道这字是小学生的爸爸写的，虽然王小才已经念到五年级，他的爸爸王才才四年级的水平，平时家里的文字工作，都是由王小才承担的，但这一回不同了，王才似乎觉得王小才承担不起这件事情，所以由他出面做了。

自清最终也没有找回自己丢失的账本，但是他的失落的心情却在长途的艰难的旅行中渐渐地排除掉了，当他站到那座低矮的土屋前，看到"一笔勾消"这四个字的时候，他的心情忽然就开朗起来，所有的疙疙瘩瘩，似乎一瞬间就被勾销掉了，他彻底地丢掉了账本，也丢掉了神魂颠倒坐卧不宁的日子。

自清从大西北回来，看到他家隔壁邻居的车库里住进了一户外来的农民工家庭。在自清住的这个小区里，家家都有车库，有些人家并没有买车，也或者车是有的，但那是公车，接送上下班后，车就走了，不停在他家，这样车库就空了出来，有的人家就将车库出租给外来的人住。

这个农民工就是王才。王才做的是收旧货的工作，所以他和小区里的人很快就熟悉起来。天气渐渐地热了，有一天自清经过车库门口，看到王才和他的妻子在太阳底下捆扎收购来的旧货，他们满头大汗，破衣烂衫都湿透了。小区里有一只宠物狗在冲着他们叫喊，小狗的主人要把小狗牵走，还骂了它，王才说，不要骂它，它又不懂的。狗主人说，不懂道理的狗东西。王才说，没事的，它跟我们不熟，熟了就不叫了，狗都是这样的。下晚的时候，自清又经过这里，他看到他们住的车库里，堆满了收来的旧货，密不透风，自清忍不住说，师傅，车库里没有窗，晚上热吧？王才说，不热的。他伸手将一根绳线一拉，一架吊扇就转起来了，呼呼作响。王才说，你猜多少钱买的？自清猜不出来。王才笑了，说，告诉你吧，我捡来的，到底还是城里好，电扇都有得捡。自清想说什么却没有说出来，王才又说，城里真是好啊，要是我们不到城里来，哪里知道城里有这么好，菜场里有好多青菜叶子可以捡回来吃，都不要出钱买的。王才的老婆平时不大肯说话的，这时候她忽然说，我还捡到一条鱼，是活的，就是小一点，鱼贩子就扔掉了。自清说，可是在乡下你们可以自己种菜吃。王才说，我们那地方，尽是沙土，也没有水，长不出粮食，蔬菜也长不出来，就算有菜，也没得油炒。自清从他们说话的口音中，感觉出他们是西部的人，但他没有问他们是哪里人。他只是在想，从前老话都说，金窝银窝，不如自家的狗窝，但是现在的人不这么想了，现在背井离乡的人越来越多了。

王才和自清说话的时候，是尽量用普通话说的，虽然不标准，但至少让人家能听懂大概的意思，如果他们说自己的家乡话，自清是听不懂的。后来他们自己就用家乡话交流了，王小才从民工子弟学校放学回来的时候，王才跟王小才说，我叫你到学校查字典你查了没有？王小才说，我查了，学校的大字典有这么大，这么厚，我都拿不动。王才说，蝴蝶兰是什么呢？王小才说，蝴蝶兰就是一种花。王才说，贼日的，一朵花也能卖这么多钱，城里到底还是比乡下好啊。

这些话，自清都没有听懂，但他听出了他们对生活的满意。后来他们还说到了他的账本，他们感谢这本账本改变了他们的生活，让他们从贫穷的一无所有的乡下来到繁华的样样都有的城市。自清也一样没有听懂，他也不知道现在王才每天晚上空闲下来，就要看他的账本，而且王才不仅看自清的账本，王才自己也渐渐地养成了记账的习惯，王才记道："收旧书35斤，每斤支出5角，卖到废品收购站，每斤9角，一出一进，净赚4角×35斤，等于14元整。到底城里比乡下好。这些旧书是住在楼上那个戴眼镜的人卖的，听说他家的书多得都放不下了，肯定还会再卖。我要跟他搞好关系，下次把秤打得高一点。"

一个星期天，王小才跟着王才上街，他们经过一家美容店，在美容店的玻璃橱窗里，王才和王小才看到了香薰精油，王小才一看之下，高兴地喊了起来，哎嘿，哎嘿，这个便宜哎，降价了哎，这瓶10毫升的，是407块钱。王才说，你懂什么，牌子不一样，价格也不一样，便宜个屁，这种东西，只会越来越贵,王小才,我告诉你,你乡下人,不懂就不要乱说啊。

2006 年

右岗的茶树

一

二秀头一次听说玉螺茶,是她刚上初一的时候。那年学校来了一位新老师,叫周小进,是支教的老师。二秀也搞不太清什么叫支教,只知道他是班主任,教语文,还教历史和政治。他们的学校在北方的一个小镇上,小镇很小,也很落后。但二秀并不知道有多小,有多落后。她能够从乡下的村子里到镇上来上初中,在村子里的女孩子里头,她还是头一个。

老师很年轻,大学刚毕业,他头一次走进教室的时候,脸还红了。不过老师很快镇定下来,因为他的学生比他更胆怯。他们过去只在自己村子里的小学见过乡下的小学老师。乡下的小学老师多半就是乡下人,就是他们同一个村或者其他村的,是民办老师或者是代课老师。就算他是公办的,但样子看起来，也像是民办的。他们粗粗糙糙，骂骂咧咧，好像教书就是骂人。二秀和她的同学们从来没有见过城里来的大学生老师。现在他们见着了，他长得很俊，很白，脾气也很好，温和得像个姑娘，说话也像在念书。

老师和乡村小学里的老师不一样，太不一样了，这是老师给二秀深刻印象的原因之一。还有一个重要的原因，就是老师上课的时候，讲着讲着，就离开了课本，去讲别的事情了。

老师讲的别的事情，其实只有一桩，那就是老师的家乡。

老师的家乡在南边一个很美丽的山村里，老师说，那里一年四季都开花，一年四季都有水果，一年四季树叶都是绿的。老师说，还有那些茶树，就种在果树下面，天上的露水滴下来，滴在果树上，再滴到茶树上，所以那个茶，既有茶香，又有果子香。每年早春清明前，村里人就把它们采下来，它们是茶树上最嫩的嫩芽，嫩得轻轻一碰它们就卷起来了，形状看上去就像是一只小小的螺，所以它的名字叫玉螺茶。

玉螺茶的产量极小，它的产地范围也极小，只有老师的家乡子盈村，才能产出真正的玉螺茶。

老师说，泡玉螺茶的过程，是一个享受的过程，因为在这个过程中，可以看到蜷曲着的螺慢慢地慢慢地舒展开来，然后又慢慢地慢慢地沉浸下去，把茶水染得嫩绿嫩绿的。

在这之前，二秀几乎没有听说过有关茶叶的事情。乡下人平时不喝茶，但家里有时候也备一点茶，偶尔来了客人，他们就抓一把泡给客人喝。从来没有人说茶好不好，看到杯里的水黄黄的，甚至黑乎乎的，大家就高兴地说，喝茶，喝茶。这一般是招待重要客人的。

二秀也不知道那些茶是什么茶，更不知道它们有什么名字，她只知道是母亲从镇上的茶叶摊上买来的，几块钱就能买一大堆，放在家里，从去年放到今年，今年喝不了，明年还可以再喝。

老师讲的茶，跟二秀知道的茶，相差太大了，起先二秀简直不敢相信，茶还有那么多的讲究。但是后来，渐渐的，二秀和班上所有的同学一样，都相信了老师的话。

老师不止一次地告诉他们，他很想念自己的家乡，做梦都梦见自己的家乡。就这样，二秀和她的同学们，他们的心思常常会跟着老师飞到那个美丽的山村里去。有一次老师又丢开了课本，跟他们说，同学们，老师说几句家乡话给你们听听吧，老师的家乡话很难听懂的，你们不一定听得懂噢。老师就说了几句，但奇怪的是大家都听懂了，老师好像有点尴尬，他挠了挠头，说，不对，我可能都不会说家乡话了。同学们都笑了。老师却有点迷惑的样子，又说，不对呀，从前说乡音未改鬓毛衰，我的鬓毛还没有衰呢，怎么乡音倒先改掉了呢？

就有一个同学叫王小毛的，举手站了起来，他说，老师，你说的不是你的家乡话，老师的家乡我去过，那里的人，说话是用舌尖说的，像鸟叫一样的，不是像老师这样说的。老师听了王小毛的话，愣了愣，又想了想，说，对的，老师家乡的人，是用舌尖说话的，或者换个说法，他们说话的时候，发音的部位靠前，不像北方，不像你们这里，发音的部位靠后，你们说说试试看。

同学们有点不知所措，因为大家都不知道用哪句话来试。老师说，你们就叫我的名字吧，叫周小进，用你们的本地话试试，是不是从嗓子里发出来的？大家就叫周小进周小进，试了试，果然气是从嗓子里出来，然后在下颚那里就出了声。老师笑眯眯地点头说，对了，这就是你们的家乡话，再来学老师的家乡话，刚才王小毛说了，像鸟叫，同学们想一想，鸟是怎么叫的呢，对了，噘起嘴巴，在舌尖和嘴尖这个地方发音，就这样，周小进，周小进——

同学们哄堂大笑了，老师发出的"周小进周小进"，在大家听起来，真的就像是鸟叫，唧唧唧唧唧唧——爱害羞的二秀也被感染了，她脸红红的，私下里偷偷地试了一试，没料到像鸟叫一样的声音一下子就毫无防备地从舌尖上滑了出去，把二秀自己吓了一大跳。她虽然声音很低，老师却听见了，老师赶紧说，赵二秀同学学得像，赵二秀同学，你给同学们再学一遍。二秀红着脸，不好意思说。老师又鼓励她说，赵二秀同学，你学一遍，你有语言天赋，你以后可以学外语的。二秀就鼓起勇气学说了一遍：周小进——唧唧唧。同学们笑着，都跟着学起来，教室里就有了一片鸟叫声。

校长刚好经过他们的教室,窗打开着,校长听到这些乱七八糟的鸟叫声,他在窗外停下来,怀疑地朝教室里看看,好像想说什么,但没有说,后来校长就走开了。

二秀从校长的背影里看到了一丝不解,其实二秀也觉得奇怪,老师怎么不好好上课,老讲自己的家乡呢?

老师说,采玉螺茶是有很多规矩的,采茶人的手要细柔灵巧,粗糙肮脏的手,是不能采茶的。采茶之前,手一定要洗干净,不能有杂味,不仅采茶的当天早晨不能吃大蒜或者其他味重的东西,采茶前几天就得吃得清淡些,这样才能保证人的气味不会对茶叶有丝毫的影响,再比如说,妇女的经期和孕期,都不能去采茶的——有个女同学忍不住"扑哧"一声笑了出来。老师却很严肃地说,同学们,这不是笑话,这是真的,只有敬重茶,茶才会给我们回报。

后来老师回了一趟家乡,老师再来的时候,真的带来了玉螺茶。老师用一只玻璃杯泡给同学们看,二秀看着细细的嫩芽在水中一沉一浮,开始它们蜷缩着,像一只一只小小的螺,然后慢慢地舒展开来,舒展开来,二秀一直绷得紧紧的心也跟着一沉一浮,跟着慢慢地舒展,最后,又跟着茶叶渐渐都落定在杯底了。

这以后的好多天里,二秀老是想着茶叶在水中飘忽的美感,她像被茶叶勾了魂去似的。上课的时候,她总是不由自主地偷偷地看自己的手。

二秀的手不细气，因为二秀的家乡不细气。家乡的一切都是粗粝的，坚硬的，土，风，庄稼，手。但二秀的心是细气的，是柔软的，只是从来没有人知道，现在有了老师，就不一样了。

二秀开始小心地呵护自己的手，她烧灶的时候，不肯用手去抓柴火，就用脚踢，可是脚不如手那么听使唤，踢来踢去踢不到位，把灶膛里的火都弄灭了。母亲在灶上烧猪食，用大铲子拌着拌着，就觉得没了热气，探头朝灶下一看，看到二秀还在用脚扒拉柴火，母亲气得骂人了，她骂二秀丢了魂，又骂二秀歪了心思。母亲虽然是个不识字的农村妇女，骂人倒骂得很准。

还是姐姐大秀对二秀好。大秀看出了二秀很小心自己的手，她并不知道二秀为什么要这样，但她总是把粗糙的活抢着做了，还偷偷地给了二秀一点钱，让二秀去买了一瓶雪花膏擦手。

二秀用了雪花膏，教室里香香的，同学都知道是二秀，后来老师也知道了，老师跟二秀说，你不要用雪花膏，时间用长了，雪花膏的味道就渗透到皮肤里去了，再怎么洗也洗不掉，你的手采出来的茶，就会有雪花膏的味道，就不纯了。二秀脸通红通红的，她想不通老师怎么会知道她的心思。老师说，护手最好还是用一些民间的土方，因为民间的土方，不含化学成分，不会破坏天然的气味。老师又觉得他还没有说清楚，因为他觉得二秀好像没太听明白，老师停了停，又用启发的口气跟二秀说，赵二秀同学，你们家养鸡的吧。二秀说，养的。老师又说，你们家的鸡生蛋吧。二秀说，生的。老师高兴地说，那就行了，老师在网上查过，在蛋清里加一点醋浸手洗手是最好的护手方法。

二秀没有告诉老师，她家的鸡蛋不是吃的，是拿去卖钱的，卖了钱给二秀和弟弟三秀交学费。那一天二秀回家跟母亲说，以后家里吃鸡蛋，她不吃，她要省下自己的那一份。母亲根本就没有理睬她。家里很长时间没有吃鸡蛋了，自从父亲病倒后，家里就很少再开荤，母亲和姐姐大秀支撑着一个家，要是母亲知道二秀想拿蛋清洗手，母亲会气死的。

快放寒假的时候，老师又说到家乡了，他说寒假里他要回去，老师很希望能够带同学们去他的家乡，去看玉螺茶。老师说，冬天的时候，茶花已经谢了，看不到了，但如果天气暖，运气好，说不定茶的嫩芽就已经出来了。老师又说，采下来的生茶，还要经过炒制，不过你们可能不知道，炒茶不是用铲子炒的，而是用手，要手不离茶，茶不离锅，揉中带炒，炒中有揉，等等。老师说到这里，停了停，又说，其实，从前的时候，玉螺茶也不是炒出来的，是捂出来的，把嫩芽包在手帕里，贴在女孩子的胸前，一定要是未婚的女孩子，用她们胸口的热气捂熟的，所以，从前的书上写过，一抹酥胸蒸绿玉。

老师知道，他的这句话，同学都没有听懂，所以老师在黑板上写了出来。写出来后，还是有些同学不懂，但是二秀看懂了。

老师也知道，放了寒假不会有同学跟他去的，老师的家乡太远了，远到同学们都没有距离上的概念了。老师说，没事的，不去也不要紧，我回来会跟你们讲的。

天气冷起来后，二秀就一直觉得不太对劲，身上老是没来由的就打抖。她把大秀的毛衣也穿上了，还裹了厚厚的老棉袄，但还是觉得冷，冷着冷着，果然就出事情了。

大秀的未婚夫要外出打工，外出前要和大秀完婚，大秀的婚期一下子就提前来到了。家里少了大秀，母亲一个人撑不下去，便让二秀退学回家。

老师看到二秀哭肿了眼睛，心里也很难过，他跟二秀说，赵二秀同学，你别哭，老师不会让你辍学的，今天晚上老师到你家去，老师去和你爸爸妈妈商量，老师的话，他们会听的。

二秀放学回家，把家里扫得干干净净的，把乱跑的鸡鸭都关了起来，天黑下来的时候，她又觉得家里的灯泡太暗了，到隔壁人家借了一只四十瓦的灯泡换上，母亲瞪着灯光说，这么亮，你要干什么？二秀没有告诉母亲老师会来，她怕母亲会洞察老师的意图，借故躲起来不见老师。

在这个冬天的夜晚，二秀等啊，等啊，她等着老师，也等着她所不知道的未来的一些事情。

二秀的脑海里，一直浮现着老师打着手电筒，走在乡间小路上的情形，老师穿的是红色的羽绒服，在黑夜里，二秀看到那一团红色，老师说过，红色是生命中的火光。二秀推测了老师出门的时间，又计算着老师走路的速度，二秀想，老师该到了，老师早该到了。

可是二秀没有等到老师，老师没有来，一直都没有来。外面始终一片寂静，连狗都没叫一声。

老师淹死了。一直到第二天早晨，村里人才发现，老师平躺在水面上，很安静，没有风，水一动也不动，老师也一动不动，老师的红色羽绒服像一面充分舒展开来的旗帜，托起了老师轻盈的身体。

二秀守在老师身边，几天几夜没说话，一直到老师的家人从家乡来了，他们要带老师走了，二秀挡住他们，她开口说话了，可她的嗓子哑了，一点声音都发不出来。二秀大声叫喊，你们不要带走老师，你们让老师留在这里吧，老师是为我死的，让我陪着老师吧，你们要把老师带到哪里去？

没有人听见她的声音，没有人回答她，四周静悄悄的，连风声也没有。他们带着老师默默地离开了这个地方，没有人回头。

过了好一会，才有一个村里人告诉二秀，人死了，要葬到自己家乡去。二秀回头看了看他，忽然出声说，老师说，玉螺茶在冬天就有嫩芽了，老师还说，采玉螺茶的头天，不能吃大蒜。

村里人吓了一跳，赶紧走开了，走了几步，他有点不放心，又回头看看，他看到二秀的泪水涂了一脸，就过来拍拍二秀的头，说，哭出来就好了，哭出来魂就回来了。

二秀退学了。一年以后，有外地的服装企业来村里招工，二秀跟母亲说，她去给弟弟挣学费，母亲同意了。二秀就跟着招工的人，跟着村里的姑娘媳妇一起走出了村子。

二秀在半路上逃走了。

二

子盈村没有姓周的人家。从古到今，除了外边嫁来的女人，子盈村全村的人都姓一个叶姓，所以一直也有图方便的人就把子盈村叫做叶家坳。

二秀死活不肯相信这个事实。二秀拿着老师的照片，在村里挨家挨户地问，可是没有人认得周小进。最后二秀找到了村长老叶，老叶说，你不是让他们都看过了吗，这个人不是我们这里的。二秀倔强地说，你是村长，你是村长。老叶说，我是村长，可村长也不可能认得一个不认得的人呀。二秀说，你是村长，你告诉我，他在哪里。村长挠头了，他不知道怎么对付这个女孩子，这个说一口北方土话的女孩子，她认定子盈村有这么一个人,她来找他,这让老叶怎么办呢,他交不出这个根本就不存在的人来。老叶看了看二秀的表情,老叶又想了想,他似乎想明白了一些事情,老叶问二秀,照片上这个人是谁。二秀不说是谁,但她的眼睛里渐渐地涌出了泪水,泪水还堵住了她的嗓子,让她说不出话来。老叶心里更清楚了,他拿过二秀手里的照片看了看,说,现在外面骗子多啊,像你这样的年轻女孩子,上当受骗很多的,骗色又骗财,是不是?小姑娘,你受骗了吧?二秀夺回照片,眼泪就掉了下来。老叶赶紧递了餐巾纸让她擦,老叶说,不急不急,他到底骗了你什么,你可以报警的,要不要我帮你打110。二秀急得一跺脚,尖声叫了起来,你才是骗子!你是大骗子!老叶莫名其妙地愣了愣,说,我是骗子?我骗你什么了?二秀说,你把老师藏起来了,你把老师还给我!老叶说,这个人是你的老师?你老师不教你们上课,跑掉了,你来找老师?二秀"哇"的一声大哭起来,边哭边说,老师死了,老师死了——老叶更摸不着头脑了,说,小姑娘,你老师死了?你还找他?小姑娘你疯了?

　　二秀无法再跟村长说话,她跟他说不清,二秀从老叶的办公室里跑出来,老叶想想不放心,追出来问,小姑娘,你要到哪里去?二秀说,我要找老师,他叫周小进,他就是你们村里的人,现在他死了,他就葬在他的家乡。老叶说,你要找他的坟?二秀说,你们村的人死了,都葬在哪里?老叶说,小姑娘,我们村里的坟地,不会埋外姓人的,你不用去找了,不会有姓周的。二秀说,你告诉我,在哪里?老叶直摇头,他想劝二秀,可他已经知道这个小姑娘倔,不到黄河心不死的,老叶指了指对面的山坡,说,你看到没有,那里有一片茶树,那地方叫右岗,就是我们村的坟地。

老叶喊来一个年轻人小叶,叫小叶陪二秀一起去右岗。路上小叶也跟二秀说,小姑娘,你去也是白去,子盈村的坟地是我管的,右岗这一块,我闭着眼睛都能看清楚,谁在里边谁不在里边我还能不知道?根本没有什么周小进。二秀嚷了起来,他可能不叫周小进,他可能叫叶小进。年轻人说,叶小进也没有的,我们村就没有叫小进的人。二秀又嚷,他可能不叫小进,叫大进,叫前进,叫后进,叫跃进——年轻人笑了起来,你这么一直叫下去,也没有用,我们的右岗肯定没有你要找的人。二秀又气又伤心,她不再理睬这个管坟地的小叶,自顾闷头往前走。小叶却在背后唱起歌来:哥哥呀,你上畈下畈勤插秧,妹妹呀,东山西山采茶忙……

小叶几步追上了二秀,朝二秀一看,二秀又哭起来,泪涂了一脸,真是个碰哭精,小叶赶紧收了口,说,好吧好吧,不唱就不唱。二秀说,老师就是这样唱的。小叶说,哎呀,这支歌,又不是我们村的专利,全中国的人都可以唱,外国人也可以唱。二秀却坚持说,老师就是这么唱的。小叶吐了吐舌头,他觉得老叶说得不错,这个小姑娘得小心着点,不知道是什么来路,独自一个人,千山万水跑到这里来,找一个死人,她要干什么？

二秀爬上右岗的山坡，看到了茶树，看到了嫩芽，它们细细小小地蜷曲着。二秀忍不住用手去摸那些嫩芽。小叶急着去阻挡她，小叶说，你不要碰它，你看你的手，那么粗糙。二秀收回了自己的手，下意识地朝小叶的手看了一眼。小叶说，你看我的手干什么，我的手也不细，我是男人的手嘛，你一个小姑娘，手也这么粗糙，怎么能采茶？小叶看二秀又有了哭兮兮的样子，赶紧说，不说了，不说了，反正你又不是来采茶的，手粗手细关什么事——到了到了，这就是我们村的右岗坟地，你自己看吧，你自己找吧，有没有周小进。

没有周小进，也没有叶小进，有许多其他的名字，但二秀不知道哪一个是老师。这个坟地和其他的坟地不一样，墓碑上只有名字没有照片，二秀问小叶为什么墓碑上不放照片。小叶说，人家那是公墓，葬在一起的都是陌生人，天南海北都不知道是从哪里来的，瞎碰碰就碰到一起做邻居了，你也不认得我，我也不认得你，怕以后小辈弄错了，所以要放照片，我们这里都是自己家的地，不会搞错的，放什么照片呢，怕自己家的活人不认得自己家的死人？

二秀被他问住了，张着嘴，又哭。小叶说，别哭了，面孔冻得红通通，眼泪水再洗一洗，要起萝卜丝了。二秀淌着泪，就觉得腿脚发软，心里发慌，一屁股坐在子盈村的坟地上。小叶赶紧说，快起来快起来，小姑娘，我们这里有风俗的，不作兴坐在坟墩头上,要烂屁股的。看二秀气得说不出话,小叶又说,周小进,周小进,你到底是个什么人,死了死了,还把小姑娘弄得伤心落眼泪。二秀听到小叶周小进周小进地叫了几遍,她盯着小叶的嘴看,小叶还在周小进周小进地叫,他的嘴像鸟嘴一样噘着,声音从舌尖尖上滚出来,二秀突然间就笑出声来,她也噘起了嘴,像鸟一样的叫起来,周小进,周小进,周小进。小叶被她搞糊涂了,说,一会哭一会笑,你干什么?二秀说,鸟叫,你们说话像鸟叫。小叶就改了口,说,我们也会说普通话的,我们的普通话,叫山坳坳普通话。二秀听了听,辨了辨滋味,觉得不对,说,不是这样的,老师的普通话跟你们不一样。小叶说,那就对了,你们老师不是子盈村的人嘛。二秀愣住了,她闷了一会,说,我们班上的王小毛也这样说,可是,可是——小叶说,可是你在子盈村肯定找不到你老师。二秀赌气不理他,小叶去拉她起来,说,烂屁股是骗你的,不过大冬天的坐在地上,多冷啊,走吧,下去吧。

他们从右岗的山坡上往下走,小叶走在前边,二秀走在后边,二秀说,还有哪里有坟地?小叶说,你还要找啊?你不会要到那边的公墓去找吧,我告诉你,我们这座山,除了我们子盈村这个山坳坳,其他几面都做成了公墓,几十万的人住在山上,你打算到那几十万里去找你的老师?二秀说,我要到别的村子去找,老师不是你们子盈村的。小叶说,可是玉螺茶只有我们子盈村有啊。二秀不做声了。只有子盈村才出产玉螺茶,但是老师却不在子盈村，这说明什么呢？

二秀想不过来。

小叶回到老叶的办公室，把二秀交给了老叶，说，村长，我交给你了，这个小姑娘怪怪的，不关我事啊。老叶正在和另一个人谈事情，他跟小叶说，怎么不关你事呢，叫你带她找人，你找不到，怎么不关你事？老叶的话没说完，小叶就走掉了，老叶骂了小叶一声，继续和那个人谈事情。

二秀听出来，他们在谈一笔生意，老叶要那个人去招一批人来，马上要采茶了，村里人手不够。那个人犹犹豫豫地说，我也吃不准，你到底要什么样的，不要我辛辛苦苦招来了，你又不满意。老叶看了看二秀，说，喏，就她这样的，年纪要轻，最好都是姑娘，最好不要结过婚生过孩子的。那个人也看了看二秀，说，她也是你们招来的？老叶说，她是自己来的。老叶又跟那个人说，前些年我们自己还应付得过来，现在不行了，一方面，村子里好多人出去了，另一方面，茶叶的量也大了。那个人笑了笑，老叶也笑了笑，二秀觉得他们笑得很狡猾，也很默契，好像掌握了什么秘密似的。

那个人走了以后，老叶对二秀说，小姑娘，现在你怎么办呢，连小叶都不能帮你解决，我就更没办法帮你的忙了，你走吧。二秀说，我不走，除非你告诉我老师在哪里。老叶看了看她，说，老师在哪里我真的不知道，要不你就留下来，帮我们干点活，再慢慢找老师，也算是我们招来的人，我们有地方给你住。二秀这才破涕为笑了。她笑的时候,脸上的两道泪痕裂开了。

过了几天,子盈村招的人都到了,都是外地的女人,有年轻的,也有年轻稍大一点的,但也大不过三十岁。她们对子盈村好像熟门熟路的,不像二秀来的时候东张西望到处看新奇,她们铺了床铺就吱吱喳喳地说起话来。虽然二秀和她们不是一伙的,但她们对二秀也不排斥,她们告诉二秀,她们就是一帮人,抱成团的,一年四季在外头跑,初春的时候就来子盈村采茶,六月份就到湖对面的山上帮人家采枇杷,采杨梅,夏天她们也在外面干活,采红菱,到了秋天,活就更多了,白果啦,橘子啦,现在本地的人都懒,宁可出钱请外地人来干活,自己打麻将,孵太阳,嚼白蛆。这样也好,外地人就有钱赚了。

二秀说,老师说过的,老师的家乡是花果山,就是这样的。停了停,二秀又说,你们一年四季在外面干活,你们不想回家吗?她们说,开始的时候想家的,还哭呢,现在习惯了,不想家了。另一个人说,我们闯荡惯了,回家过年在家里多待几天还会闷出病来呢。还有一个媳妇说,是呀,我回家的时候,我女儿看到我喊我阿姨,我说,来,阿姨抱抱你。她们都笑成了一团,看起来真的把家忘记了。

夜里二秀睡不着,在床上翻来翻去,听着她们平静的呼吸声,二秀想,不知道她们有没有在梦里梦到自己的家乡。

天刚刚亮,大家就被喊起来了,村里人和从外面招来的人，都集中在子盈村的茶社。老叶给大家分配工作，分配了半天，也没有分配到二秀。眼看着采茶的姑娘媳妇领了任务，背起背篓，就要走了，二秀着急说，村长，我呢，我呢？老叶朝她看了看，说，你等等。二秀说，她们都走了，我跟谁走呢？老叶说，你不采茶，一会儿等她们茶采回来了，炒茶的时候，你烧火。二秀没听懂，愣愣地看着老叶。老叶皱了皱眉，说，烧火，烧火你不懂吗？老叶指了指灶间一字排开的七八个大灶，说，烧火就是往灶膛里塞柴火。二秀扭着身子说，我不要烧火，我不是来烧火的。老叶笑了笑，其他人也都笑了笑。老叶说，那你想干什么？二秀说，我要采玉螺茶。老叶"哈"了一声，抓起二秀的手看了看，说，你这手也能采玉螺茶？他又把二秀的手拉到村里的一群姑娘媳妇面前，叫她们也伸出手来，和二秀的手排在一起，让二秀看，他还跟她们说，你们看看，这样的手，也有资格采玉螺茶？二秀气愤地挣脱了老叶的拉扯，缩回了自己的手。

二秀一直在用心保护自己的手，即使后来她辍学回家劳动，她也没有让自己的手受过苦。在二秀的家乡，二秀的手成了大家议论的对象。但是二秀不在乎，他们越说，二秀越是要保护好自己的手。二秀的手甚至还传到别的村子去了，别的村子还有女人过来看呢，她们看了，都啧啧称赞，说没有见过这么细嫩的手。

可是这么一双细嫩的手，到了子盈村，竟变得这么粗糙，这么笨拙。二秀泪眼模糊哭着说，我的手坏了，我的手变了。村里的一个媳妇对她说，外地小姑娘，你的手粗，不是变出来的，是比出来的。

她们都走了，老叶把二秀领到灶前，说，你在这里等吧。二秀坐下来，看着自己的手，闷头伤心了一阵，就回到宿舍从包裹里拿了一副手套，再回过来时，看到采茶的人已经回来了。她们把采来的茶从背篓里倒出来，摊在匾里，然后又挑挑拣拣。二秀过去看了看，也看不出她们在挑拣什么。在二秀看起来，这都是嫩绿的茶芽，一个一个大小粗细颜色都长得一模一样，她不知道她们怎么还能从里边挑拣出不一样的来。

挑拣完了，就上锅了，二秀的工作也开始了，她戴上手套去抓柴火，老叶说，你还瞧不上这些柴火，这可都是果树柴啊，你闻闻，喷喷香的。大家也都带着嘲笑的意思朝她看，二秀不理睬他们，她注意听着炒茶师傅的吩咐，把火候掌握好。炒茶师傅跟他们说，你们不要笑她，这个小姑娘很用心，火候把得比你们好。

到了这个时节，外面的人知道玉螺茶开采了，都来参观，电视台也来拍电视，大家起先闹哄哄的，但是看到炒茶师傅的手又轻又快，迅速翻动，抖松，再翻动，再抖松，就都不吭声了，屏息凝神地看着。二秀忍不住跟炒茶师傅说，老师说，这是高温杀青。炒茶师傅朝她笑笑，说，小姑娘，你也知道高温杀青啊。二秀说，我知道，老师说，还有干而不焦，脆而不碎，青而不腥，细而不断。老叶也听到了她说话，他特意走过来看了看她，又跟别人说，这个小姑娘，不知道她到底什么来路。

二秀记得老师说过，真正的玉螺茶产量很小，采几天就没了，二秀真希望采茶的日子能够延长一点，再延长一点。奇怪的是，子盈村的茶好像知道二秀的心思，不是越采越少，反而越来越多了，村里也不只是子盈茶社有炒茶的，家家户户都在炒茶。起先二秀看到茶都是从采茶女人的背篓里倒出来的，但后来的茶叶，却是装在大麻袋里来的，都是男人们一麻袋一麻袋地扛回家去，二秀忍不住跟到他们家去看，他们完全不像在茶社那么认真，挑拣得也马虎多了，简简单单一弄，就上灶炒了，炒的时候，对火候的要求也不那么严格，也没有老师傅，只有几个妇女在锅里瞎翻翻瞎炒炒，一点也不认真。二秀很着急，也很不明白，小小的一个子盈村，哪来这么多的玉螺茶呢？二秀又跟着那些肩上掼着空麻袋的男人往外跑，跑到村口，就看到一辆大卡车停着，大家正从卡车上往下卸麻袋，二秀知道，麻袋里的茶叶，不是子盈村的，是从外面运来的。

二秀跑到老叶家，看到老叶家也在炒茶，不过他家用的是电炒锅。二秀说，你怎么用电炒锅炒茶？老叶说，茶叶数量大了，烧火来不及，电炒锅热得快。二秀说，那你们在茶社里为什么不用电炒锅呢？老叶说，那里不是有人要来参观吗，参观的人喜欢看原生态，就让他们看原生态，原生态值钱，你懂吗？他看二秀不懂，又说，你还嫌烧火这活儿不好呢，有你烧的就不错了，要是以后都用上了电炒锅，你连烧火都烧不上了。二秀说，那些麻袋里的茶叶是从哪里来的？老叶说，这轮得着你管吗？二秀说，老师说，真正的玉螺茶产量很小的。老叶说，正因为产量太小，供不应求嘛，所以现在要扩大。二秀说，你们这是造假。老叶说，我虽然是假的，但我也没有卖真价钱呀。二秀说，那也是假，你的茶叶就是假的。老叶不屑地撇了撇嘴，说，小姑娘，外地人，不懂的，茶叶分什么真假，只分好坏。二秀说，我都看见了，你们弄假玉螺茶，装在玉螺茶的盒子里，你们这是害玉螺茶。老叶又看了看二秀，慢慢地摇了摇头，说，小姑娘，你说的也有道理，可你以为我想这么做？我子盈村的声誉也没有了，我也不得安宁，右岗的人每天晚上都来找我骂我啊。二秀说，右岗？右岗不是你们村的坟地吗？坟地里不都是死人吗？老叶笑了笑，说，小姑娘，你别害怕，我说的不是鬼，不是鬼来找我，是鬼他们每天到我的梦里来跟我捣乱。二秀说，那是你心虚，心亏，才会做噩梦，你不要做假玉螺茶，就好了。老叶说，我不做还真不行，订货的人越来越多，有的隔了年就来订，就像现在吧，买今年的茶，就订明年的茶了。二秀说，你不怕被人家查出来？老叶说，怎么不怕，我还被人举报过，村里被罚了一大笔款呢。二秀说，那你还做。老叶说，那就更要多做，要补回损失呀。你想想，我们子盈村，几百年的玉螺茶历史，做下来，又怎么样呢，村子里家家户户破房子，这两年，一做假玉螺茶，家家户户翻新房，造楼房，我要是不让他们做，他们还不把我当茶叶给泡了。二秀说，你还算是村长呢，你一点也不顾子盈村的名誉。老叶狡猾地笑了笑，说，现在到处都出产玉螺茶，人家也不能认定假玉螺茶就是我们村出来的呀。二秀说，可是玉螺茶只有子盈村才有。老叶说，谁说只有子盈村出玉螺茶？二秀说，老师说的。老叶摇了摇头，又是老师，又是老师，你们老师到底怎么了，他乱说话，你就相信了？二秀恼了，跟老叶翻了脸，说，你才乱说，你当村长还乱说，你不配当村长。老叶不跟她计较，笑了笑说，我也不想当呢，上级非要我当，当村长有什么好，又不吃皇粮，群众炒茶，可以公开地炒，我还得偷偷地炒。二秀说，造假的人当然要偷偷地弄。老叶说，小姑娘，你冤枉我了，我没有造假，谁也不敢说只有子盈村的茶才是玉螺茶，谁也不敢说炒茶不能用电炒锅嘛。二秀气得说，你们这个村，不是子盈村，不是的。

　　二秀往回走的时候，心里很委屈，走到半山坡，她看到了小叶，小叶正在家门口劈果树柴，他看到二秀气鼓鼓的样子，就喊她，跟她打招呼，二秀起先想不理他，但看到他劈柴，二秀就问他，你劈柴干什么，人家都用电炒锅了。小叶说，人家都用，我不用的，我一直用柴火烧锅炒茶的。小叶把二秀叫进他家，果然，小叶家有一个妇女在用柴火烧锅，一个老人在炒茶。二秀说，你为什么不用电炒锅。小叶说，我不可以用的。

二秀朝他看着，他又说，我不可以用的，我是管坟地的，我不可以用的。

　　二秀不懂小叶的话，她努力地想了想，也不知道是怎么回事。小叶却又说，不过你也别太当回事，其实，用柴火烧也好，电炒锅炒也好，子盈村也好，外地茶也好，泡出来都是差不多的，不信我泡给你看。小叶就拿了一个玻璃杯子，到隔壁人家要了一把电炒锅炒出来的外地茶，先放开水，再放茶，二秀看到的，竟然和老师当年泡的完全一样，细细的嫩芽在水中一沉一浮，开始它们蜷缩着，像一只一只小小的螺，后来它们慢慢地舒展开来，舒展开来，最后都轻轻地安静地沉下去了。但是二秀一直绷得紧紧的心，却没有跟着舒展开来，她忽然怀疑起来，为什么小叶泡的假玉螺茶和老师泡的茶是一模一样的呢？

三

　　二秀渐渐知道了，在子盈茶社炒制的茶，大多是真正的玉螺茶，参观的人都被领到茶社来看原生态。因为人多了，茶社还临时开出了饭店，留大家在这里品茶吃饭，等着购买新鲜出炉的玉螺茶带回去。

太阳一天比一天旺，春天一天比一天近，转眼就快到清明节了。一过了清明，玉螺茶就不如明前那样值钱了，它的嫩芽越来越少，叶子也会越来越粗，所以明前这几天，来的客人特别多。

客人是这里的常客，大概每年都来，一切都很熟悉，就像进了自己的家，他们坐下，泡茶，喝茶，说话，二秀一边烧火一边有一搭没一搭地听到他们的说话声传过来，他们先是说了说茶叶的价格，又说了说外边对玉螺茶的评价，也说了些与茶无关的话，后来他们又来到灶间，看炒茶师傅炒茶，拍了几张照，炒茶师傅说，张老师，吴老师，你们来啦。二秀在灶下说，我就知道你们是老师。老师听到二秀说话，探头到灶下看了看二秀，拍照的张老师跟二秀说，小姑娘，我也给你拍张照片吧。吴老师说，这个小姑娘，这么秀气，这么纯，放在这里烧火？张老师拍完照又朝二秀细细地看了看，说，嘿，我想起几句诗了：月出前山口，山家未掩扉，老人留客住，小妇采茶归。

二秀没等听完，忽地就从灶下站了起来，说，老师也是这么说的，后面还有几句呢。张老师挠了挠头，说，不好意思，是还有四句，但我没记住。吴老师说，没文化就别装有文化，猪鼻孔插葱——装象啊。他们都笑了笑。张老师又说，小姑娘，你是外地招来的吧，你不知道，从前这地方采玉螺茶可讲究啦，采下来不是这样烧火炒熟的，是放在姑娘的胸前捂熟的。二秀说，我知道，我知道，那是一抹酥胸蒸绿玉。两位老师惊奇地互相看看，他们大概没想到一个外地小姑娘念出这句诗来，他们还想问问二秀，知不知道这首诗还有几句是什么样的，蛾眉十五来摘时，一抹酥胸蒸绿玉，纤袖不惜春雨干，满盏真成乳花馥。可是二秀打断了他们的思路，她问他们，你们认得我老师吗，他叫周小进。不等他们回答，她抢着又说，你们一定认得他，他是老师，你们也是老师，你们一定知道他在哪里。张老师和吴老师同声说，小姑娘你搞错了，只是子盈村的人喊我们老师，我们其实不是当老师的。二秀固执地说，喊你们老师，你们就是老师，你们一定知道周小进在哪里。张老师说，小姑娘，你说谁？周小进？二秀说，他叫周小进，但也许他不叫周小进，叫叶小进，或者叫叶大进，或者叫什么什么进，你们一定知道他的。张老师说，他连一个准确的名字都没有，你凭什么说我们一定会认得他？二秀说，他就是这里的。吴老师说，既然他就是这里的，你自己找一找不就行了，怎么向我们要他呢？二秀说，虽然他们不承认，可我知道他一定就在这里，他对这里的一切，他对玉螺茶，很了解，很熟悉。张老师和吴老师说，那也不能证明他就是这里的呀。比如我们吧，就不是子盈村的人，但我们对这个山坳坳，对这里的玉螺茶，也一样的熟悉，一样的亲切，就像子盈村是我们的家乡，就像玉螺茶是从我们自家的地里长出来的。

二秀听到自己心里"咯噔"了一声，两位客人似乎在唤醒她,但她又不愿意从梦中醒来。张老师又说,你们老师也许和我们一样,常常来子盈村,甚至,他也可以不来子盈村,他可以从来都没有来过子盈村,他可以在很远很远的地方,从书本上看到子盈村,看到玉螺茶。一个人从书本上看到一样东西,从此就爱上它,而且爱得入骨,爱得逼真,这种事情也不是没有的。吴老师说,是呀,就像我和张老师,对子盈村的事情,也都了解得很深入很透彻的。比如子盈村叶奶奶的事情,现在子盈村的年轻人恐怕也都不知道了,我们反而都知道。张老师说,叶奶奶年轻时,被镇上的富贵人家以重金请去,采了茶叶口含胸捂,就是你说的,一抹酥胸蒸绿玉。二秀说,是老师说的。

客人走后,二秀满村子打听叶奶奶。老叶最反对她去找叶奶奶,但是老叶被许多买茶叶和卖茶叶的人包围了,吵得焦头烂额,也顾不上二秀了,他只是说,叫你别去你不听,你不听就不听。二秀就是不听老叶的话,最后她终于在一个山角落里找到了叶奶奶。

叶奶奶已经很老了,但她的脑子很清楚,口齿也很清楚,她有头有尾有滋有味地给二秀说起了那件事情,她告诉二秀,那一天她是特意爬到右岗山坡上去采的茶,右岗的茶树,是子盈村最好的茶树,最后,老太太眯花眼笑地晃了晃自己耳朵上的一对金耳环,说,喏,这就是大户人家送给我的,是老货,你看看,成色足的,现在的货,成色不足的。

二秀回到茶社，老叶正在找她，责怪她不烧火就跑走了。二秀兴奋地说，村长，我找到叶奶奶了。老叶生气地说，找到叶奶奶怎么呢，有烧火炒茶重要吗？二秀说，叶奶奶告诉我了，她年轻时真的用胸口捂过茶的，还在口里含茶呢，跟老师说的一模一样。老叶皱眉说，你听她的，她老年痴呆症，人都不认得，还能说当年的事情？二秀不信，她觉得老叶总是在和她作对，二秀说，我不相信你的话，我相信叶奶奶的话。老叶说，她从十七岁嫁进叶家坳，就没有出去过，就没有离开过这个山坳坳，怎么可能去镇上帮大户人家捂茶？再说了，你看看她那个样子，长得要多丑有多丑，就算有人来请，也不会请到她。二秀说，她还有一副金耳环，就是当年人家送给她的。老叶笑了，说，你上她当了，这副耳环，是她孙子去年买了给她做九十大寿的，你不懂黄货，你不会看成色，明明是新货，老货会这么金金黄吗？

二秀气得哭起来。老叶说，哭什么呢，哭什么呢，你说是老货就老货好了，无所谓的。二秀说，怎么无所谓，怎么无所谓，有所谓的。老叶正挠头，小叶来了，他告诉老叶，村上有家人家的一个老人刚刚走了，他们想要把他埋在左岗上。老叶摆了摆手，说，我就知道有人要出新花样了，左岗上不行的。小叶说，左岗为什么不行呢？老叶说，左岗被规划了。小叶说，规划我们的左岗干什么？老叶说，你问我，我也不知道，我只知道规划了就不能动了，你去跟他们说，只能按老规矩埋在右岗上。小叶说，好，我去了。

二秀追着小叶出来，问他叶奶奶的事情到底是不是真的。小叶说，既然老奶奶说是这样的，你愿意相信，那就当它是真的罢。二秀说，我是当它真的，我也想试试。小叶说，那不行吧，老叶看不上你，不肯让你采茶，你怎么试？二秀说，所以我求你帮帮我。小叶说，今年恐怕不行了，要不，你明年再来吧。今年你手生，明年我替你求情。二秀说，不行的，我回去就要嫁人了，明年不能来了。小叶说，嘻嘻嘻，你那么当真，现在都无所谓的，嫁了人怎么就不能采茶呢，你照样来采好了。二秀扭了身子生闷气，小叶说，怎么又生气了呢？二秀说，我不同意你的说法，老师说，结了婚不可以的。小叶说，你们这个老师，真是奇怪。

最后小叶还是被二秀说服了，他带着二秀来到山坳深处，二秀转了半天才发现，这就是小叶带她来过的坟地右岗。这里只有一小片茶树，小叶说，你是不是觉得这里阴森森的，有没有点寒毛凛凛？二秀说，为什么？小叶说，咦，你来过的嘛，这是右岗嘛，我们村的死人都埋在这里的，你一个小姑娘，倒不怕？二秀说，我不怕的，老师也在这里。小叶说，告诉过你了，你们老师不在这里。见二秀又哭逼逼的样子了，小叶赶紧说，好好好，你说在这里就在这里吧。

小叶指点着二秀，让她采一些嫩头，小叶说，别看这块茶地小，这可是我们村最好的茶叶。二秀说，叶奶奶也说右岗的茶树是子盈村最好的茶树，为什么呢？小叶不说话，只是用脚点了点地皮，又朝二秀眨了眨眼睛。二秀想了想，似乎是懂了，又似乎没懂。她采了一些茶叶，小叶就说，够了够了。拿了随身带着的袋子给二秀装茶叶，二秀却不要，掏出一块丝手帕，小心地包好嫩茶，然后转过身去，背对着小叶，将茶包揣进了胸怀。

二秀回家了。在长途汽车上，二秀碰到许多买茶的人，他们纷纷炫耀着自己买的玉螺茶是多么的好，多么的正宗，又多么的便宜。最后二秀忍不住说，你们上当了，你们买的，不是真玉螺茶。买茶客都朝二秀看，看了一会儿，有人说，谁说我们上当了，我们没上当，我们就是要买这样的。二秀说，你们要买假玉螺茶？他们说，那当然，假的便宜多了，差好几倍的价格呢。也有人说，我是买了送人的，托人办事情，送玉螺茶是最好的，又不犯错误，又有档次。二秀说，你买了假茶送人，人家喝出来是假的，你不是办不成事了吗？他们都哈哈大笑起来，说，小姑娘，现在谁喝得出真假噢。二秀说，有人喝得出来，一定有人喝得出来。他们说，你说谁？难道你一个外地小姑娘喝得出来？二秀说，老师喝得出来，从前，我们老师拿真正的玉螺茶泡给我们看的。他们又笑了，说，从前是从前，现在是现在，现在跟从前大不一样了，别说茶了，现在连水都不是从前的水了，就算你有真正的玉螺茶，用现在的水泡，泡出来也不是真的了。另一个人伸了伸自己的舌头，给大家看了看，说，不说水了吧，就说我们的舌头，你咂咂自己的舌头，是不是麻了，现在的人，舌头都是麻木的，真正的玉螺茶给这样麻木的舌头去品，也是糟蹋了呀。

这话一说出来，车上许多人都在品咂自己的舌头，他们果真感觉舌头麻麻的，大家七嘴八舌说，哎呀，真是的，哎呀，你不说我还没感觉呢，现在一感觉，舌头真的不对头了。

二秀无声地咂了咂自己的舌头，她没有感觉出麻木，一点也没有。她的舌头还跟从前一样，一点都没变。

二秀回到自己的家乡，来到老师失足跌落的河边，她从怀里掏出茶包，包暖暖的，茶叶被她捂熟了，就和炒茶师傅炒出来的一模一样，一根一根细细地蜷着，二秀轻轻地把茶撒在河里，茶很慢很慢地舒展着，舒展着，但是它们太轻太轻了，它们一直在河面上飘着，始终没有沉下去。

2008 年

我们都在服务区

天快亮时，桂平才蒙蒙眬眬要睡去了，结果手机设的闹钟却响了，喳喳喳地叫个不停，桂平翻身坐起来，和往常一样，先取消噪耳的铃声，再打开手机，又和往常一样，片刻之后，手机里的信息就接二连三地响了起来，桂平感觉至少有五六条，结果数了一下，还不止，有七条，都是昨晚他关机后发来的，还有一条竟是凌晨五点发的，也没什么了不起的大事，那个人天生醒得早，一个人起来，全家人还睡着，窗外、路上也没有什么人气人声，大概觉得寂寞了，就给他发个信，消解一下早起的孤独。这些来自半夜和凌晨的短信，只有一封是急等答复的，其他都没有什么太重要的事情，桂平也来不及一一回复了，赶紧就到会场，将手机调到震动上，开了一上午的会，会议结束时，才发现事情也像短信和未接来电一样，越开越多，密密麻麻。中午又是陪客，下午接着还有会。总算午饭抓得紧一点，饭后有二十分钟时间，赶紧躲进办公室，身体往沙发上一横，想闭一闭眼睛，放松一下，结果在这短短的时间里，手机上又来了两条短信和三次电话，桂平接了最后一个电话，心里厌烦透了，一看只剩五分钟了，"的"地一下关了手机，强迫自己闭上眼睛，可那眼皮却怎么也合不拢，突突突地跳跃着。就听到办公室的小李敲他的门了，桂主任，桂主任，你手机怎么不通？你在里边吗？桂平垂头丧气地坐起来，说，我在，我知道，要开会了。

他抓起桌上的手机，忽然气就不打一处来，又朝桌上扔回去，劲使大了一点，手机"嗖"地滑过桌面，"啪"地摔到地上，桂平一急，赶紧去捡起来，这才想起手机刚才被他关了，急忙又打开，检查一下，确定没有被摔坏，才放了心。抓着手机就要往外走，就在这片刻间，手机响了，一接，是一个老熟人打来的，孩子入学要托他找教育局领导，这是为难的事情，推托吧，对方会不高兴，不推托吧，又给自己找麻烦，正不知怎么回答，小李又敲门喊，桂主任，桂主任！桂平心里毛躁得要命，对那老熟人没好气说，我要开会，回头再说吧。老熟人在电话里急巴巴说，你开多长时间会？我什么时候再打你手机？桂平明明听见了，却假作没听见，挂断了电话，还不解气，重又下狠心关了机，将手机朝桌上一扔，空着手就开门出来，往会议室去。

小李跟在他后面，奇怪道，咦，桂主任，你的手机呢，我刚才打你手机，怎么关机了？不是被偷了吧？桂平气道，偷了才好。小李说，充电吧？桂平说，充个屁电。小李吐了一下舌头，没敢再多嘴，但是总忍不住要看桂平的手，因为那只手，永远是捏着手机的，现在忽然手里空空的了，连小李也不习惯了。

曾经有一次会议，保密级别比较高，不允许与会者带手机，桂平将手机留在办公室，只觉得那半天，心里好轻松，了无牵挂，自打开了这个会以后，桂平心烦的时候，也曾关过手机，就当自己又在开保密会议吧。结果立刻反馈来诸多的不满和批评，上级下级都有意见，上级说，桂平，你又出国啦，你老在坐飞机吗，怎么老是关机啊？下级说，桂主任，你老是关机，请示不到你，你还要不要我们做事啦？总之很快桂平就败下阵来，他玩不过手机，还是老老实实恢复原样吧。

跟在桂平背后的小李进了会议室还在唠唠叨叨，说，桂主任，手机不是充电，是你忘了拿？我替你去拿来吧。桂平哭笑不得说，小李，坐下来开会吧。小李这才住了嘴。

下午的会，和上午的会不一样，桂平不是主角，可以躲在下面开开小差，往常这时候，他定准是在回复短信或压低声音告诉来电者，我正在开会，再或者，如果是重要的非接不可的电话，就要蹑手蹑脚鬼鬼祟祟地溜出会场，到外面走廊上去说话。

但是今天他把手机扔了，两手空空一身轻松地坐到会场上，心里好痛快，好舒坦，忍不住仰天长舒一口气，好像把手机烦人的恶气都吐出来了，真有一种要飞起来的自由奔放的感受。

乏味的会议开始后不久，桂平就看到坐在前后左右的同事，有的将手机藏在桌肚子里，但又不停地取出来看看，也有的干脆搁在桌面上，但即使是搁在眼前的，也会时不时地拿起来瞄一眼，因为震动的感觉毕竟不如铃声那样让人警醒，怕疏忽了来电来信。但凡有信了，那人脸色就会为之一动，或者喜色，或者着急，或者平静，但无不立刻活动拇指，沉浸在与手机相交融的感受中。

一开始，桂平还是怀着同情的心情看着他们，看他们被手机掌控，逃脱不了，但是渐渐的，桂平有点坐不住了，先是手痒，接着心里也痒起来了，再渐渐的，轻松变成了空洞，潇洒变成了焦虑，甚至有点神魂不定、坐立不安起来，他的心思，被留在办公室的手机抓去了。

坐在他旁边的一个女同事，都感觉出他身上长了刺似的难受，说，桂主任，你今天来例假了？桂平说，不是例假，我更了。大家一笑，但仍然笑不掉桂平的不安。他先想了一想今天是什么日子，会不会有什么重要的电话或信息找他，会不会有什么重要的事情要他去做，有没有什么重要的工作忘记了，除了这些，还会不会有一些特殊的额外的事情会找到他，这么一路想下去，事情越想越多，越想越紧迫，椅子上长了钉似的，桂平终于坐不住了，溜出会场，上了一趟洗手间，出来后，站在洗手间门口还犹豫了一下，终究没有直接回会场，却回了办公室。

办公室一切如常，桂平却有一种恍若隔世的奇怪感觉，看到了桌上的手机，他才回到了现世，忍不住打开手机，片刻之后，短信来了，哗哗哗的，一条，两条，三条，还没来得及看，电话就进来了，是老婆打的，口气急切说，你怎么啦，人又不在办公室，手机又关机，你想躲起来啊？桂平无法解释，只得说，充电。老婆说，你不是有两块电板吗？桂平说，前一块忘记充了。老婆"咦"了一声，说，太阳从西边出来了，你是出了名的"桂不关"，竟然会忘记充电？桂平自嘲地歪了歪嘴，老婆就开始说要他办的事情，桂平为了不听老婆啰嗦个没完，只得先应承了，反正虱多不痒债多不愁，桂平永远是拖了一身的人情债，还了一个又来一个，永远也还不清。

带着手机回到会场，桂平开始看信，回信，旁边的女同事说，充好电了？桂平说，你怎么知道我充电？女同事说，你是机不离手，手不离机的，刚才进来开会没拿手机，不是充电是什么？难道是忘了？谁会忘带手机你也不会忘呀。桂平说，不是忘了，我有意不带的，烦。女同事又笑了一下，说，烦，还是又拿来了，到底还是不能不用手机。桂平说，你真的以为我不敢关手机？女同事说，关手机又不是杀人，有什么敢不敢的，只怕你关了又要开噢。两人说话声音不知不觉大起来，发现主席台上有领导朝他们看了，才赶紧停止了说话。桂平安心看短信、回短信，一下子找回了精神寄托，心也不慌慌的了，屁股上也不长钉了。

该复的信还没复完，就有电话进来了，桂平看了看来电号码，不熟悉，反正手机是震动的，会场上听不到，桂平将手机搁在厚厚的会议材料上，减小震动幅度，便任由它震去，一直等到震动停止，桂平才松一口气，但紧接着第二次震动又来了，来得更长更有耐心，看起来是非他接不可，桂平一直坚持到第三次，不得不接了，身子往下挫一挫，手捂着手机，压低声音说，我在开会。那边的声音却大得吓人，啊哈哈哈，桂平，我就知道你会接我电话的，其实我都想好了，你要是第三次再不接，我就找别人了，正这么想呢，你就接了，啊哈哈哈。不仅把桂平的耳朵震着了，连旁边的女同事都能听见，说，哎哟喂，女高音啊。虽然桂平说了在开会，可那女高音却不依不饶，旁若无会地开始说她要说的说来话长的话，桂平只得抓着手机再次出了会场，到走廊上才稍稍放开声音说，我在开会，不能老是跑出来，领导在台上盯着呢。女高音说，怎么老是跑出来呢？我打了你三次，你只接了一次，你最多只跑出来一次啊。桂平想，人都是只想自己的，每个人的电话我都得接一次，我还活不活了。但他只是想想，没有说，因为女高音的脾气他了解，她的一发不可收的作风他向来是甘拜下风的，赶紧说，你说吧你说吧。女高音终于开始说事，说了又说，说了又说，桂平忍不住打断说，我知道了，我现在在开会，走不掉，会一结束我就去帮你办。女高音这才甘心，准备挂电话了，最后又补一句，你办好了马上打我手机啊。桂平应声，这才算应付过去。心里却是后悔不迭，要是硬着心肠不接那第三次电话，这事情她不就找别人了么，明明前两次都已经挺过去了，怎么偏偏第三次就挺不过去呢，这女高音是他比较烦的人，所以也没有储存她的号码，可偏偏又让她抓住了，既然抓住了，她所托的事情，也就不好意思不办。桂平又悔自己怎么就不能坚持到底，抓着手机欲再回到会场，正遇上小李也出来溜号，见桂主任一脸懊恼，关心道，桂主任，怎么啦？桂平将手机一举，说，烦死个人。小李以为他要扔手机，吓得赶紧伸出双手去捧，结果捧了个空。桂平说，关机吧，不行，开机吧，也不行，难死个人。小李察言观色地说，桂主任，其实也并非只有两条路，还有第三种可能性的。桂平白了他一眼，说，要么开，要么关，哪来的第三种可能性？小李诡秘一笑，说，那是人家逃债的人想出来的高招。桂平说，那是什么？小李说，不在服务区。桂平"切"了一声，说，怎么会不在服务区，我们又不是深山老林，又不是大沙漠，怎么会不在服务区？小李说，桂主任，你要不要试试，手机开着的时候把那卡芯直接取下来，再放上电板重新开机，那就是不在服务区。桂平照小李说的一试，果然说："对不起，您拨的电话不在服务区，请稍后再拨。"桂平大喜，从此可以自由出入"服务区"了。

如此这般的第二天，桂平就被领导逮到当面臭骂一顿，说，我这里忙得要出人命，你躲哪里去了？在哪个山区偷闲？桂平慌忙说，我没去山区，我一直都在单位。领导说，人在单位手机怎么会不在服务区？桂平说，我在服务区，我在服务区。领导恼道，在你个鬼，你个什么烂手机，打进去都是不在服务区，既然你老不在服务区，你干脆就别服务了吧。桂平受了惊吓，赶紧恢复原状，不敢再离开服务区了。

小李当然也没逃了桂平的一顿臭骂，但小李挨了骂也仍然不折不挠地为桂平分忧解难，又建议说，桂主任，你干脆别怕麻烦，把所有有关手机都储存下来，来电时一看就知道是谁，可接可不接，主动权就在你手里了。

桂平接受了小李的建议，专门挑了一个会议时间，坐在会场上，把必须接的、可接可不接的、完全可以不接的、实在不想接的电话一一都储存进手机，储得差不多了，会议也散了，走出会场时，手机响了，一看，是一个可以不接的电话，干脆将手机往口袋里一兜，任它叫唤去。

桂平找到了一个切实可行的好办法，他已经把和他有关系的大多数人物都分成几个等次储存了，爱接不接，爱理不理，主动权终于掌握在他自己手里了，如果来电不是储存的姓名，而是陌生的号码，那肯定是与他没有什么直接关联的人，那就不去搭理它了。

如此这般过了一段日子，果然减少了许多麻烦，托他办事的人，大多和那女高音差不多，知道他好说话，大事小事都找他，现在既然找不上他，他们就另辟蹊径找别人的麻烦去了。即使以后见到了有所怪罪，最多嘴上说一句对不起，没听到手机响，或者正在开会不方便接，也就混过去了，真的省了不少心。

省心的日子并不长，有一天开会时，刚要入会场，有人拍他的肩，回头一看，吓了一跳，竟是组织部的常务副部长，笑眯眯地说，桂主任，忙啊。桂平起先心里一热，但随即心里就犯嘀咕，部长跟他的关系，并没有熟悉亲切到会打日常哈哈的地步，桂平赶紧反过来试探说，还好，还好，瞎忙，部长才忙呢。部长又笑，说，不管你是瞎忙还是白忙，反正知道你很忙，要不然，怎么连我的电话都不接呢？桂平吓了一大跳，心里怦怦的，都语无伦次了，说，部、部长，你打过我电话？部长道，打你办公室你不在，打你手机你不接，我就知道找不到你了。桂平更慌了，就露出了真话，说，部长，我不知道你给我打电话。部长仍然笑道，说明你的手机里没有储存我的电话，我不是你的重要关系哦。他知道桂平紧张，又拍拍他的肩，让他轻松些，说，你别慌，不是要提拔你哦，要提拔你，我不会直接给你打电话哦。桂平尴尬一笑。部长又说，所以你不要担心错过了什么，我本来只是想请你关照一个人而已，他在你改革委工作，想请你多关心一下，开个玩笑，办公室主

133

任，你们都喜欢称大内总管嘛，是不是，年轻人刚进一个单位，有大内总管罩一罩，可不一样哦。桂平赶紧问，是谁？在哪个部门？部长说，现在也不用你关照了，他已经不在你们单位了，前两天调走了，放心，跟你没关系，现在的年轻人，跳槽是正常的事，不跳槽才怪呢，由他们去吧。说着话，部长就和桂平一起走进会场，很亲热的样子，会场上许多人看着，后来有人还跟桂平说，没想到你和部长那么近乎。

桂平却懊恼极了，送上门来的机会，被自己给关在了门外，可他怎么想得到部长会直接给自己打电话呢。现在看起来，他所严格执行的陌生号码一概不接的大政是错误的，大错特错了。知错就改，桂平把领导干部名册找出来，把有关领导的电话，只要是名册上有的，全部都输进手机，好在现在的手机内存很大，存再多号码它也不会爆炸。

现在桂平总算可以安心了，既能够避免许多无谓的麻烦，又不会错过任何不应该错过的机会，只不过，过了很长很长的时间，也没有等到一个领导打他的手机。桂平并不着急，也没觉得功夫白费了，他是有备无患，凡事预则立。

过了些日子，桂平大学同学聚会，在同一座城市的同班同学，许多年来，来了的，走了的，走了又来的，来了又走的，到现在，搜搜刮刮正好一桌人，这一天兴致好，全到了。坐下来的第一件事，大家都把手机从包里或者从口袋里掏出，搁在桌上，搁在眼睛看得见的地方，夹在一堆餐具酒杯中。桂平倒是没拿出来，但他的手机就放在裤子后袋里，而且是设置了铃声加震动，如果聚会热闹，说话声音大，听不到铃声，屁股可以感受到震动，几乎是万无一失的。也有一两个比较含蓄的女生并没有把手机拿出来搁在桌上，但是她们的包包都靠身体很近，包包的拉链都敞开着，可以让手机的声音不受阻挡地传递出来，这才可以安心地喝酒叙旧。

这一天大家谈得很兴奋，而且话题集中，把在校期间许多同学的公开的或秘密的恋情都谈出来了，有的爱情，在当时是一种痛苦，甚至痛得死去活来，时隔多年再谈，却已经变成一种享受，无论是当事人，或是旁观者，都在享受时间带来的淡淡的忧伤和幸福。

谈完了当年还没谈够，又开始说现在，现在的张三有外遇吧，现在的李四艳福不浅啊，谁是谁的小三啦，谁是谁的什么什么，怎么怎么，接着就有一个同学指着另一个同学，说那天我看到你了，你挽着一个女的在逛街，不是你老婆，所以我没敢喊你。大家哄起来，要叫他坦白，偏偏这个同学是个老实巴交不怎么会说话的人，急赤白赖赌咒发誓，但谁也不信，他急了，东看看，西看看，好像要找什么证据来证明，结果就见他把手机一掏，往桌上一拍，说，把你们手机都拿出来。大家的手机本来就搁在桌面上，有人就把手机往前推一推，也有人把手机往后挪一挪，但都不知他要干什么。这同学说，如果有事情，手机里肯定有秘密，你们敢不敢，大家互相交换手机看内容,如果有事情的,肯定不敢——我就敢!话一出口,立刻就有一两个人脸色煞白,急急忙忙要抓回手机,另一个人说,手机是个人的隐私,怎么可以交换着看,你有窥视欲啊?当然也有人不慌张,很坦然,甚至有人对这个点子很兴奋,很激动,说,看就看,看就看,大家摊开来看。桂平也是无所谓,但他觉得这同学老实得有点过分,说,哪个傻×会保留这样的信?带回去给老婆老公看?那同学偏又顶真,说,如果真有感情,短信是舍不得马上删掉的。大家又笑他,说他有体验,感受真切等等。这同学一张嘴实在说不过大家,恼了,涨红了脸硬把自己的手机塞到一个同学手里,你看,你看。

结果,同学中分成了两拨,一拨不愿意或不敢把自己的秘密让别人知道,不肯参加这个游戏,赶紧把手机紧紧抓在手心里,就怕别人来抢,另一拨是桂平他们几个,自觉不怕的,或者是硬着头皮撑面子的,都把手机放在桌上,由那同学闭上眼睛先弄混乱了,大家再闭上眼睛各摸一部。桂平摸到了一个女同学的手机,正想打开来看,眼睛朝那女同学一瞄,发现那女同学脸色很尴尬,桂平心一动,说,算了算了,女生的我不看。把手机还给了那女同学,女同学收回手机,嘴巴却又凶起来,说,你看好了,你不看白不看。桂平也没和她计较,但他自己运气就没那么好了,他的手机被一个最好事的男生拿到了,先翻看他的短信,失望了,说,哈,早有准备啊。桂平说,那当然,不然怎么肯拿出来让你看。那男生不甘心,又翻看他的储存电话,想看看有没有可疑人物。

真是不看不知道,一看吓一跳,那男生脸都涨红了,脱口说,哇,桂平,你厉害,连大老板的手机你都有?接着就将桂平手机里的储存名单给大家一一念了起来,这可全是有头有脸有来头的大人物啊,惊得一帮同学一个个朝着桂平瞪眼,说,嘀,好狡猾,这么厉害的背景,从来不告诉我们。也有的人,说,这是低调,你们懂吗,低调,现在流行这个。桂平想解释也解释不清,只好一笑了之。

却不知他这一笑,是无法了之的。第二天,就有一个同学找到他办公室去了,提了厚重的礼物,请桂平帮忙联系分管文化的副市长,他正在筹办一个全市最大也最规范的超霸电玩城,文化局那头已经攻下关来,但没有分管市长的签字,就办不成,他已经几经周折几次找过那副市长,都碰了钉子被弹回来了,现在就看桂平的力度了。

桂平知道自己的手机引鬼上门了,只得老老实实说,我其实并不认得该副市长。同学说,不可能,你手机里都有他的电话,怎么会不认识?桂平只得老实交待,从头道来。那同学听后,"哈"了一声,说,桂平,你当了官以后,越来越会编啊,你怎么不把胡锦涛温家宝的电话也输进去?桂平开玩笑说,我知道的话一定输进去。那同学却恼了,说,桂平,凭良心说,这许多年,你在政府工作,我在社会上混,可我从来没找过你麻烦是不是,这是第一次,第一次求你你就这么对付我,你说得过去吗？桂平知道怎么说这同学也不会相信他了，但他也无论如何不可能去替他找那副市长的，只得冷下脸来，说，反正你怎么理解、怎么想都无所谓，这事情我不能做。同学一气之下，走了，礼物却没有带走，桂平想喊他回来拿，但又觉得那样做太过分，就没有喊。

那堆礼物一直搁在那里，桂平看到它们，心里就不爽，搬到墙角放着，眼睛还是忍不住拐了弯要去看，再把办公室的柜子清理一下，放进去，关上柜门，总算眼不见为净。本来他们同学间都很和睦融洽，现在美好的感觉都被手机里的一个错误的储存电话破坏了，右想左想，也觉得自己将认得不认得的领导都输入手机确实不妥，拿起手机想将这些电话删除了，但右看左看，又不知道哪些是该删的哪些是不该删的，全部删了肯定也是不妥，最后还是下不了手。

原来以为得罪了同学，就横下一条心了，得罪就得罪了，以后有机会再给弥补吧。哪知那同学虽然被得罪了，却不甘心，过了两天，又来了，换了一招，往桂平办公室的沙发上一坐，说，你不答应我，我就不走了。桂平说，我要办公的，你坐在这里不方便。同学说，我方便的。桂平说，我不方便呀。同学说，有什么不方便，你就当是自己在沙发上搁了一件东西就行，你办你的公，你又不是保密局安全局，你的工作我听到了也不会传播出去的，即使传播出去别人也不感兴趣的。就这样死死地钉在桂平的办公室里。

即便如此，桂平还是不能打这个电话，因为他实在跟这位副市长没有任何交往，没有任何接触，这副市长并不分管他们这一块工作，即使开什么大会，副市长坐主席台，桂平也只能在台下朝台上远远地看一眼，主席台上有许多领导，这副市长只是其中一位，除此之外，就是在本地电视新闻里看他几眼，他和副市长，就这么一个台上台下屏里屏外的关系，怎么可能去找他帮忙办事呢，何况还不是他自己的事，何况还是办超霸电玩城这样的敏感事情。

同学就这样坐在他的沙发上，有人进来汇报工作，谈事情，他便侧过脸去，表示自己并不关心桂平的工作，就算桂平能够不当回事，别人也会觉得奇怪，觉得拘束，该直说的话就不好直说了，该简单处理的事情就变复杂了，半天班上下来，桂平心力交瘁，吃不消了，跟同学说，你先坐着，我上个厕所。同学说，你溜不掉的。

桂平只是想溜出去镇定一下，想一想对策，但又不能站在走廊上想，就去了一趟厕所，待了半天，没理出个头绪来，也不能老在厕所待着，只得再硬起头皮回办公室。哪曾想到，等他回到办公室，那同学已经喜笑颜开地站在门口迎候他了。桂平说，你笑什么？同学说，行了，我拿你的手机打给市长了，市长叫我等通知。桂平急得跳了起来，你，你，你怎么——同学说，我没怎么呀，挺顺利。桂平说，你跟市长怎么说的？同学说，我当然不说我是我，我当然说我是你啦。桂平竟然没听懂，说，什么意思，什么我是你？同学说，我说，市长啊，我是改革委的桂平啊。桂平急道，市长不认得我呀，市长怎么说？同学笑道，市长怎么不认得你，市长太认得你了，市长热情地说，啊，啊，是桂平啊。后来我就说，我有个亲戚，有重要工作想当面向您汇报。桂平说，你怎么瞎说，你是我的亲戚吗？同学说，同学和亲戚，也差不多嘛，干吗这么计较。我当你的亲戚，给你丢脸了吗？桂平被噎得不轻，顿住了。那同学眉飞色舞又说，市长说了，他让秘书安排一下时间，尽快给我，啊不，不是给我，是给你答复。话音未落，桂平的手机响了，竟然真是那副市长的秘书打来的，说，改革委办公室桂主任吧，市长明天下午四点有时间，但最多只能谈半小时，五点市长有接待任务。桂平愣住了，但也知道没有回头路了，总不能告诉人家，刚才的电话不是他打的，是别人偷他的手机打的。同学怕他坏事，拼命朝他挤眉弄眼，桂平狠狠地瞪他，却拿整个事情无奈，赶紧答应了市长秘书，明天下午四点到市长办公室，谈半小时。

挂了电话，那同学大喜过望，桂平却百思不得其解，说，怎么可能，怎么可能？同学也不生气了，说，反正事情就是这样，你明天得陪我去，你放心，我不会空手的。桂平气得说，没见过你这样的。同学却高兴而去了。

同学走后，桂平把小李叫来，说，小李，我认得某副市长吗？小李被问得一头雾水，说，桂主任，什么意思？桂平说，我不记得我和他打过什么交道呀，他才当副市长不久呀。小李说是，年初人大开会时才上的，不过两三个月。桂平说，何况他又不分管我们这一块，最多有时候他坐在主席台上，我坐在台下，这是八竿子也打不着的呀。小李说，那倒是的，我也在台下看见领导坐在台上，但是哪个领导会知道台下的我呢。小李见桂平愁眉不展，又积极主动为主任分忧解难，说，桂主任，会不会从前他没当市长的时候，你们接触过，时间长了，你忘记了，但是市长记性好，没忘记。桂平说，他没当市长前，是在哪里工作的？小李说，我想想。想了一会，想起来了，说，是在水产局，他是专家，又是民主党派，正好政府换届时需要这样一个人，就选中了他，后来听说他还跟人开玩笑说，我做梦也没有想到我会当副市长哎。桂平说，水产局？那我更不可能认得了，我从来没有跟水产局打过交道。小李又想了想，说，要不然，就是另一种可能，市长不是记性好，而是记性不好，是个糊涂人，把你和别的什么人搞混了，以为你是那个人？桂平说，不可能糊涂到这样吧？小李说，也可能市长事情太多，他以为找他的人，打他手机的人，肯定是熟悉的，你想想，不熟悉不认得的人，怎么会贸然去打领导的手机呢？无论小李怎么分析，也不能让桂平解开心头之谜，等小李走了，桂平把手机拿起来看看，看到刚才市长秘书的来电号码，这是一个座机号码，估计是市长秘书的办公室电话，就忽然想到，自己连这位副市长的这位秘书姓什么也没搞清楚，只知道他是刚刚跟上市长不久的,桂平赶紧四处打听,最后才搞清了这位秘书姓什么,于是又拿起手机,手指一动,就把那秘书的电话拨了回去,那边接得也快,说,哪位?桂平说,我是改革委办公室的桂平,刚才,刚才——那秘书记性好,马上说,是桂主任啊,明天下午市长接见已经安排了,四点,还有什么问题吗?桂平支吾了一下,一时不知道该怎么说,停顿片刻后,才说,我想问一问,你今天晚上有没有时间——那秘书立刻有习惯性的过度反应,说,桂主任,不用客气。桂平想解释一下,但那秘书认定桂平是要给他请客送礼,又拒绝说,桂主任,你真的不必费心,我知道你跟市长关系不一般,市长吩咐的事,我们一定会用心办的。桂平赶紧试探说,你怎么知道我跟市长关系不一般。那秘书一笑,说,市长平时从来不接手机的,他的手机都是交给我处理的,一般都是我先接了,再请示市长接不接电话,但是今天你打来的电话,却是市长亲自接的,这还不能说明问题?桂平被问得哑口无言,只得作罢。

桂平下班回家,心里仍然慌慌的,虚虚的,老婆感觉出来了,问有什么事,桂平也说不出到底是个什么事,只能长叹几声,老婆心里就起疑,正在这时候,桂平的手机响了,桂平一看,正是那同学打来的,人都被他气疯了,哪里还肯接,就任它响去,它也就不折不挠地响个不停。老婆说,怎么不接手机,是不是我在旁边不方便接?桂平没好气说,我就不接。老婆疑心大发,伸手一抓,冲着那一头怪声道,谁呀,盯这么紧干吗呀。一听是个男声，就没了兴致，把手机往桂平手里一塞，无趣地走开了。桂平捏着手机，虽然心里一千一万个不情愿，但听得手机那头喂喂喂的叫喊，也只得重重地"嗯"了一声，说，喊个魂。正想再冲他两句，那同学却抢先道，桂平啊，明天不用麻烦你了。桂平心里一惊，一喜，还没来得及说话，那同学却又说了，明天不麻烦，不等于永远不麻烦噢。就告诉桂平，刚接到文化局的通知，上级文件刚刚到达，电玩城电玩店一律暂停，市长也没权了，审批权被省里收去了。桂平愣了半天，竟笑了起来，说，笑话笑话，这算什么事，人家市长那边已经安排了时间，难道要我通知市长，我们不去见市长了？那同学笑道，那你另外找个事情去一下吧。桂平气道，你以后别再来找我。那同学仍然笑，说，那可不行，以后还要靠你的。桂平说，你不是说审批权被省里收去了么，我又不认得省领导。同学说，得了吧，你能认得这么多的市领导，肯定就是一个四通八达的人，省领导必定也能联系上几个的。不过现在还不到时候，情况还不明确，我马上会了解清楚的，如果省里可以松动，到时候要麻烦你帮我一起跑省厅省政府呢。桂平差点喷出一口血来，说，我要换手机了。同学笑道，你以为穿上马甲别人就认不出你了。

第二天桂平硬找了个借口去了市长办公室，见到正襟危坐的市长，心里一慌，好像那市长早已经看穿了他的五脏六腑，忽然就觉得自己找的那借口实在说不出口来，正不知怎么才能蒙混过关，市长却笑了起来，说，你是桂平吧，改革委的办公室主任，桂主任，其实我根本就不认得你噢。桂平大惊失色，说，市长，那你怎么？市长说，嘿，说来话长——市长看了看表，说，反正我们被规定有半小时谈话时间，我就给你说说怎么回事吧——你们都知道的，我们的手机，一直是秘书代替用的，一直在他手里，我自己从来都看不到，听不到，什么也不知道，个个电话由他接，样样事情由他安排布置，听他摆布，我一点主动权也没有，一点自由也没有，因为机关一直就是这样的，前任是这样，前任的前任也是这样，我也不好改变。停顿一下又说，你也知道，我原来是干业务的，忽然到了这个岗位，真的不怎么适应，开始一直忍耐着，一直到昨天下午，我忽然觉得自己忍不下去了，就下了一个决心，试着收回自己用手机的权力，结果，我刚让秘书把手机交给我，第一个电话就进来了，就是你的。当时秘书正站在我面前，看着我，我就让他给安排时间，我要让他知道，没有他我也一样会布置工作，事情就是这样。桂平愣了半天，以为市长在说笑话，但看上去又不像，支吾了一会儿，实在不知道说什么才好，好在那市长并不要听他说话，只是叹息一声，朝他摆了摆手说，不说了，不说了，今后没有这样的事情了，你也打不着我的手机了——我又把手机还给秘书了，我认输了，我玩不过它，就昨天一个下午，从你的第一个电话开始，我一共接了二十三个电话，都是求市长办事的，我的妈，我认输了。停顿了一下，末了又补一句说，唉，我也才知道，当个秘书也不容易啊，更别说你办公室主任了。桂平说，是呀，是呀，烦人呢。市长又朝他看了看，说，对了，我还没问你呢，桂主任，我并不认得你，你怎么会直接打我的手机呢？桂平也便老老实实地把事情的来龙去脉说了出来，市长听了，哈哈地笑了几声，桂平也听不出市长的笑是高兴还是不高兴。

桂平经历了这次虚惊，立刻就换了手机号码，只告知了少数亲戚朋友和工作上有来往的人，其他人一概不说，结果给自己给大家都带来很多麻烦，引来了很多埋怨。但无论出现什么情况，桂平都咬牙坚持住，他要把老手机和手机带来的烦恼彻底丢开，他要和从前的日子彻底告别，他要活回自己，他要自己掌握自己，再不要被手机所掌控。

现在手机终于安安静静地躺在办公桌上，但桂平心里却一点也不安静，百爪挠心，浑身不自在，手机不干扰他，他却去干扰手机了，过一会儿，就拿起来看看，怕错过了什么，但是什么也没有，桂平怀疑是不是手机的铃声出了问题，就调到震动，手机又死活不震动，他拿手机拨自己办公室的座机，通的，又拿办公室的座机打手机，也通的，再等，还是没有动静，就发一条短信给老婆，说，你好吗？短信正常发出去了，很快老婆回信说，什么意思？也正常收到了。老婆的短信似乎有点火药味。果然，回信刚到片刻，老婆的电话就追来了，说，你干什么？桂平说，奇怪了，今天大半天，居然没有一个电话和一封短信。老婆说,你才奇怪呢,老是抱怨电话多,事情多,今天难得让你歇歇,你又火烧屁股。老婆搁了电话,桂平明明知道自己的手机没问题,仍然坐不住,给一个同事打个电话说,你今天上午打过我手机吗?同事说,没有呀。又给另一朋友打个电话问,你今天上午发过短信给我吗?那人说,没有呀。

桂平守着这个死一般沉寂的新号码,不由得怀念起老号码来了,他用自己的新号码去拨老号码,听到"对不起,您拨打的电话已停机",桂平心里一急,把小李喊了过来,责问说,你把我手机停机了?小李说,咦,桂主任,是你叫我帮你换号的呀。桂平说,我说要换号,也没有说那个号码就不要了呀,那个号码跟了我多少年了,都有感情了,你说扔就扔了?小李说,桂主任,你别急,没有扔,我帮你办的是停机留号,每月支付五元钱,这个号码还是你的,你随时可以恢复的。桂平愣了片刻,说,你怎么会想到帮我办停机留号?小李说,桂主任,我还是有预见的嘛,我就怕你想恢复嘛。桂平还想问,你凭什么觉得我想恢复。但话到嘴边,却没有问出来,连小李一个毛头小子,都把自己给看透了,真正气不过,发狠道,我还偏不要它了,你马上给我丢掉它!小李应声说,好好好,好好好,桂主任,我就替你省了这五块钱吧。

到这天下午,情况忽然发生了很大的变化,打到他手机上的电话多起来,发来的短信也多起来,其中有许多人,桂平明明没有告诉他们换手机的事情，他们也都打来了。桂平说，咦，奇怪了，你怎么知道我的电话。对方说，哟，你以为你是谁，知道你的电话有什么了不起的。也有人说，咦，你才奇怪呢，我凭什么不能知道你的电话？也有心眼小的，生气说，唏，怎么，后悔了，不想跟我联系了？

桂平又恢复了从前的生活，手机从早到晚忙个不停，那才是桂平的正常生活，桂平早已经适应了这样的生活，他照例不停地抱怨手机烦人，但也照例人不离机，机不离人，他只是有点奇怪，这许多人是怎么会知道他的新手机号码的。

一直到许多天以后，他才知道，原来那一天小李悄悄地替他换回了老卡。

2010 年

生于黄昏或清晨

单位里一位离休老同志去世了。这是一件正常的事情。人老了，都会走的。但这一次的情况稍有些不同，单位老干部办公室的两位同志恰好都不在岗，小丁休产假，老金出国看女儿去了，单位里没人管这件事，那是不行的，领导便给其他部门的几个同志分了工，有的上门帮助老同志的家属忙一些后事，有的负责联系殡仪馆布置遗体告别会场，办公室管文字工作的刘言也分到一个任务，让他写老同志的生平介绍。这个任务不重，也不难，内容基本上是现成的，只要到人事处把档案调出来一看，把老同志的经历组织成一篇文字就行了，对吃文字饭的刘言来说，那是小菜一碟。

虽然这位老同志离休已经二十多年，他离开单位的时候，刘言还没进单位呢，但是刘言的思维向来畅通而快速，像一条高质量的高速公路，他只在人事处保险柜门口稍站了一会儿，翻了几页纸，思路就理出来了，老同志一辈子的经历也就浮现出来了。档案中有多年积累下来的各种表格，它们相加起来，就是老同志的一生了。这些表格，有的是老同志自己填的，也有是组织上或他人代填的，内容大致相同，即使有出入，也不是什么大的原则性的差错，比如有一份表格上调入本单位的时间是某年的六月，另一份表格上则是七月，年份没错，工作性质没错，只是月份差了一个月，也没人给他纠正，因为这毕竟不是什么大不了的事情。

本来这事情也就过去了，刘言的腹稿都打好了，以他的写字速度，有半个小时差不多就能完成差事了，他把老同志的档案交回去的时候，有片刻间他的目光停留在最上面的这张表格上了，表格上老同志的名字是张箫生，刘言觉得有点眼生，又重新翻看下面的另一张表格，才发现俩张表格上的老同志名字不一样，一个是张箫声，一个是张箫生，又赶紧翻了翻其他的表格，最后总共出现了三个不同的版本，除张箫生和张箫声外，还有一个张箫森。刘言问人事处的同志，人事处的同志有经验，不以为怪，说，这难免的，以本人填的为准。刘言领命，找了一份老同志自己亲自填的表格，就以此姓名为准写好了生平介绍。

生平介绍交到老同志家属手里，家属看了一眼就不乐意了，说，你们单位也太马虎了，把我家老头子的名字都写错了，我家老头子，不是这个"声"，是身体的"身"。刘言说，我这是从档案里查来的,而且是你家老同志亲自填写的。家属说,怎么会呢,他怎么会连自己的名字都填错了呢。刘言说,不过他的档案里倒是有几个不同名字,但不知道哪一个是准的。家属说,我的肯定是准的,我是他的家属呀,我们天天和他的名字在一起,这么多年,难道还会错。刘言觉得有点为难,老同志家属说的这个"身"字,又是一个新版本,档案里都没有,以什么为依据去相信她呢?

他拿回生平介绍,又到人事处把这情况说了一下,人事处同志说,这不行的,要以档案为准,怎么能谁说叫什么就叫什么呢,那玩笑不是开大了。刘言说,可即使以档案为准,老同志的档案里,也有着三种版本呢。人事处同志说,刚才已经跟你说过这个问题了,你怎么又绕回来了呢?刘言的高速公路有点堵塞了,他挠了挠头皮说,绕回来了?我也不知怎么就绕回来了,难怪大家都说,机关工作的特点,就是直径不走要走圆周,简单的事情要复杂化嘛。人事处的同志笑了笑,说,你要是实在不放心,不如到老同志先前的单位再了解一下,他在那个单位工作了几十年,调到我们单位,不到两年就退了,那边的信息可能更可靠一点。

刘言开了介绍信就往老同志先前的单位去了,找到老干部处,是一位女同志接待他,看了看介绍信,似乎没看懂,又觉得有些不解,说,你要干什么?刘言把事情经过简单说了,女同志"噢"了一声,说,我也是新来的,不太熟悉,我打个电话问问。就打起电话来，说，有个单位来了解老张的事情，哪个老张？她看了看刘言带来的介绍信，说，叫张箫声，这个声，到底对不对，到底是哪个"sheng（shen、seng、sen）"，是声音的声，还是身体的身？还是——她看了看刘言，刘言赶紧在纸上又写出两个，竖起来给她看，她看了，对着电话继续说，还是森林的森，还是生活的生——什么？什么？噢，噢，我知道了，原来是这样。女同志放下电话，脸色有点奇怪，有点不乐，对刘言道，这位同志，你搞什么东西，老张好多年前就去世了，你怎么到今天才写他的生平介绍？刘言吓了一跳，说，怎么可能，张老明明是前天才去世的，我们领导还到医院去送别了他呢。女同志半信半疑地看了看他，最后还是相信了他的话，说，肯定老胡那家伙又胡搞了。他以为女同志又要打电话询问，结果她却没有打，自言自语说，一个个信口开河，胡说八道，谁都不可靠，还是靠自己吧。就自己动手翻箱倒柜找了起来，翻了一会，才发现了自己的问题，停下来说，咦，不对呀，他人都已经调到你们那里了，材料怎么还会在我这里？刘言说，我不是来找材料的，我只是来证实一下他的名字到底是哪一个。女同志说，噢，那我找几个人问问吧。丢下刘言一个人在她的办公室，自己就出去了。这个女同志有点大大咧咧，刘言却不想独自待在陌生人的办公室里，万一有什么事情也说不清，就赶紧跟出来，看到女同志进了对面一间大办公室，大声问道，张箫声，张箫声你们知道吗？大家都在埋头工作，被她突然一叫，有点发愣，闷了一会儿，有一个人先说，张箫声，知道的，是位老同志了，什么事？女同志说，走了，名字搞不清，他现在的单位来了解，他到底叫张箫哪个"sheng（shen、seng、sen）"。另一个同志说，唉，人都走了，搞那么清楚干什么，又不是要提拔，哪个"sheng（shen、seng、sen）"都升不上去了。女同志说，别搞了，人家守在那里等答案呢。大家就七嘴八舌地说起来，说什么的都有，但好像都没有什么依据，有分析的，有猜测的，有推理的。不一会儿，大伙儿给老同志名字的最后一个字，又添加了好几个新版本，有一个人甚至连肾脏的肾都用上了。女同志头都大了，说，哎哟哎哟，人家就是搞不准，才来问的，到咱们这儿，给你们这么一说，岂不是更糊涂了？刘言也觉得这些人对老同志也太不敬重了，说话轻飘飘的，好像老同志不是去世了，而是坐在办公室里等着大家调侃呢。

女同志一喳哇，大家就停顿下来，停顿了一会，忽然有个人说，是老张吗，是张箫"sheng（shen、seng、sen）"吗，我昨天还在公园里遇见他的呢，怎么前天去世了呢？女同志惊叫一声说，见你的鬼噢！另有一个女同志失声笑了起来，但笑了一半，赶紧捂住嘴。先前那人想了半天，才想清楚了，赶紧说，噢，噢，我收回，我收回，我搞错了，昨天在公园里的不是他，是老李，我对不起。于是大家纷纷说，也没什么对不起的，时间长了就这样，这些老同志退了好多年，平时也见不着他们，见了面也不一定记得，搞错也是难免的。

刘言不想再听下去了，悄悄地退了出来，那女同志眼尖，看见了，在背后追着说，喂，喂，你怎么走啦？可是你自己要走的，回去别汇报说我们单位态度不好啊。刘言礼貌道，说不上，说不上，跟我们也差不多。

刘言重新回到老同志家，看到老同志的遗像挂在墙上，心里有些不落忍，对他家属说，还是以您说的身体的"身"为准吧。老同志家属说，果然吧，肯定还是我准，如果我都不准，还有什么更准的？刘言掏出生平介绍，打算修改老同志的姓名，不料却有一个人出来反对，她是老同志的女儿。女儿跟母亲的想法不一样，女儿说，妈，你搞错了，我爸的"sheng"字是太阳升起来的"升"。她妈立刻生起气来，当场拉开抽屉，拿出户口本来，指着说，在这儿呢。刘言接过去一看，张箫身，果然不差。刘言以为事情终于可以告一段落了，可是那女儿却也掏出一个户口本来，说，这是我家的老户口本。两个户口本的封皮不一样，一个是灰白色的硬纸板封皮，一个是暗红色的塑料封皮，一看就知道是时代的标志和差异。但奇怪的是母亲拿的是新户口本，女儿拿的反而是老户口本。刘言说，你们换新本的时候，老本没有收走吗？那女儿说，我们不是换本，我们是分户，我住老房子，所以收着老本，老本上，我爸明明是张箫升，升红旗的升。老太太仍然在生气，说，反正无论你怎么说，老头子是我的老头子，不会有人比我更知道他。

女儿见妈不讲理了，说话也不好听了，说，难道你亲眼看见我爷爷奶奶给我爸取名的吗？老太太说，哼，一口锅里吃了六十多年，就等于是亲眼看见一样。女儿说，就算亲眼看见，都八十多年了，说不定早就搞浑了。老太太气得一转身进了里屋，还重重把门关闭了。

刘言手里执着那份生平介绍，陷入了僵局，不知该怎么办了。那女儿却在旁边笑起来，说，咳，这位同志，别愁眉苦脸的，没什么为难的，你就按我妈说的写罢。刘言说，那你没有意见，你不生气？那女儿说，咳，我生什么气呀，哪来那么多气呀，我也就看不惯我妈，样样事情都是她正确，我得跟她扭一扭，现在扭也扭过了，至于我爸到底是"声"还是"身"还是"升"，人都不在了，管那还有什么意思呢。刘言如遇大赦，正要改写，忽见那老太太又出来了，手里举着几张证件，说，搞不懂了，搞不懂了。

原来老太太被女儿一气之下，就进里屋找证据去了，结果找出来好些证件，有身份证、工作证、医疗证、离休证、老年证、乘车证等等，可是这些证件上的名字，居然都不统一。老太太气得说，怎么搞的，怎么搞的，这些人，不像话。那女儿却劝她妈说，妈，你怎么怪别人呢，你自己平时就没注意没关心嘛，你要是平时就注意就关心了，错的早就改了嘛。老太太说，改？这么多不同的字，照哪个改？那女儿嘻嘻一笑，说，照你的改罢。老太太这才把气生完了，看着刘言按照她的说法改了老张的全名叫张箫身,接过那生平介绍,事情算是办妥了。

刘言回到单位,把这遭遇说给大家听,大家听了,说,刘言你这么认真干吗,人都不在了,搞那么准,有必要吗?另一个同事说,你追查清楚了想干什么呢,告慰老张吗?又说,你可别告慰错了,弄巧成拙。刘言想辩解几句,但想了半天,却不知道该辩解什么,也不知道该替谁辩解,最后到底也没有说出一句话来。

那天回家,刘言把自己的几件证件找出来,一一核对,不同证件上自己的名字是完全一致的,这才放了点心。但是老婆觉得奇怪,问他干什么,刘言说,我看看我的名字。老婆更奇了,说,这有什么好看的,名字生下来就跟着你了,难道今年会换一个名字?刘言既然心里落实了,也就没再吱声。

不几日就到清明了,刘言带着老婆女儿回家乡上坟,遇到一老乡,咧开嘴朝他笑。他认不出老乡了,但看着那没牙的黑洞洞,觉得十分亲热,但也有点不好意思,便也笑了笑,点点头,想蒙混过去。不料老乡却亲热地挡住他,说,小兔子,你回来啦?女儿在旁边"哧"的一声笑了出来,说,哎嘿嘿,小兔子,啊哈哈,小兔子。越想越好笑,竟笑疼了肚子,弯着腰在那里"哎哟哎哟"地喊。刘言愣了一会说,大叔,你认错人了,我不是小兔子。老乡说,你怎么不是小兔子,你就是小兔子,你打小就是小兔子。刘言说,我排行第四,所以小名就叫个小四子。那老乡说，我不是喊你小名，你是属兔的，所以喊你小兔子。刘言"啊哈"了一声，说，果然你记错了，我不属兔，我属小龙。老乡见他说得这么肯定，也疑惑起来，盯着他的脸又看了一会，说，你是老刘家的老四吗？刘言说，是呀。老乡一拍巴掌道，那不就对了，就是你，小兔子，你小时候都喊你小兔子。刘言说，我怎么不记得了。老乡奇怪说，你们从乡下人变成城里人，难道连属相都要跟着变吗？刘言说，我可没有变，我生下来就属小龙的。老乡也不跟他争了，喊住路上另外两个老乡，问道，老刘家的老四，属什么的？那俩老乡也朝刘言瞧了几眼，一个说，老刘家老四，属狗的，小时候叫个小狗子。另一个说，不对不对，老四属猴。刘言赶紧说，小时候叫个小猴子吧。他老婆和女儿都笑得前仰后合，说，不行了，不行了，肚子要断掉了。老乡不知道她们俩笑的什么，感叹说，城里人日子好过，开心啊。

刘言也不再跟他们计较了，上了坟就赶紧到大哥家去。他兄弟四个，只有大哥一家还在农村，俩兄弟到饭桌上，先洒了点酒在地上祭了父母，然后就喝起来。大哥寡言，喝了酒也不说话，刘言代二哥三哥打招呼说，本来他们也是要回来的，因为忙，没走得成。大哥说，忙呀。刘言又说，不过他们都挺好的，让大哥放心。大哥跟着说，放心。刘言说一句，大哥就跟着应一句，刘言不说话，大哥也就不做声，就好像刘言是大哥，而大哥是老四似的。后来大嫂过来给刘言斟酒，说，老四啊,明年是你大哥的整生日,做九不做十,今年就要做了,你跟老二老三说一下。大哥说,哎呀。意思是嫌大嫂多事,但大哥话没说出口来,刘言也没听进耳去,因为刘言心里被"整生日"这说法触动了一下,说,大哥,你都六十啦。本来他已经把路上那老乡的事情丢开了,但喝了喝酒,又听到说大哥六十了,就觉得那岁月的影子还在心里搁着,一会就隐隐地浮上来,一会又隐隐地浮上来,忍不住说,大哥,你属什么的?大嫂笑道,老四你做官做糊涂啦,你跟你大哥差十二岁,同一个属相。刘言说,属小龙。大嫂说,咦,哪里是小龙,属大龙的。刘言说,奇了,我一直是属小龙的呀。大嫂说,噢,也可能你小时候给搞差了吧。见刘言有点憷,又劝说,老四,没事的,小时候搞差的人多着呢,我姐的年龄给搞差了五岁呢,也不照样过日子。口气轻描淡写。还是大哥知道点儿刘言的心思,说,城里人讲究个年龄,不像乡下人这样马马虎虎。大嫂有点儿不高兴,说,那就算我没说,老四你该几岁还几岁,该属什么还属什么。大家就没话了。

离了大哥家,刘言三口人到乡上的旅馆住下。那娘儿俩嫌刘言打呼噜,便合睡一间,让刘言单独睡一间。刘言夜里听到乡下的狗叫,想起小时候的许多事情,结果就梦见了母亲,刘言赶紧问道,娘,老四是属小龙的吧。母亲笑眯眯的,眼睛雪亮,说,生老四的时候,天气好热,天都快黑了,还没生下来,后来就点灯了,也巧了,一点灯,就生了。刘言说,娘,你记错了吧,我是冬天生的,早晨七八点钟,太阳升起来的时候。母亲摇了摇头,转身就走了。刘言急得大喊,娘,你不能走,你走了,我再也不知道我是什么时候生的了。可是母亲还是头也不回地走了。刘言大哭起来,把自己哭醒了。好半天才回过神来,心里悠悠的,摸不着底。看看窗外,天已亮了,乡镇的街上已经人来人往了。刘言起来到隔壁房间门口听了听,那娘儿俩还睡着呢。刘言给老婆发了一个短信,自己就出来了。

到得街上,打听到乡派出所,刘言进去一看,已经有很多人来办事了,围着一张办公桌,吵吵嚷嚷的,他插上去探了一脑袋,那守在办公桌边的警察朝他看看,说,排队。又看他一眼说,你是外面来的?刘言赶紧说,是,是。警察说,那也得排队。刘言空欢喜了一下,发现大家都朝他看,有点尴尬,往后退了退,心里着急,这么多人,也不知道要等多长时间才轮到他,在后边站了站,听出来警察正在断事情呢,听了几句,觉得这警察虽然歪瓜裂枣、其貌不扬,说话倒是很在理,很有水平,也很利索,刘言干脆安下心等了起来。

两个老乡争吵,是为了一头猪,说是一家的猪跑到了另一家的猪圈去了,怎么也不肯回去,后来硬拖回来了,总觉得不是他家那头,咬定邻居偷梁换柱,又上门去闹,结果打起来,一个打破了头,一个撕破了衣裳。警察听了,问道:猪呢?那两人同时说,带来了,在院子里等着呢。警察就离了办公桌往外拱，大家自觉地让出一条道，除了那俩当事人，无关的人也一起出来围在院子里，那两头猪果然被牵在树上。警察朝那两头猪瞄了一眼，笑了起来，说，嚯，真像呐，难怪分不出来了。那逃跑的猪的主人指着其中一头猪说，喏，这是我家的。说过之后，却又怀疑起来，挠了挠脑袋，说，咦，是不是呢？警察说，你自己都分不清，怎么说人家偷换了呢。那老乡上前抓住猪的一条腿，扯了起来，神气地说，看吧，我做了记号的。一看，果然猪腿上扎了一根红绳子，因为沾满了猪粪，黑不溜秋，不仔细看是看不出来的。警察说，这猪是你的？那老乡说，本来是我的，逃到他家去了，他又还给我了，但我看来看去，觉得不是它。警察问另一老乡，你说呢。那老乡委屈说，他说他做了记号的，记号明明在他猪身上，他却又不承认。这老乡说，谁晓得呢，猪在你家圈里待了两天，不定你把记号换过来了。警察说，你有证据吗？老乡说，我有证据就不来找你了。警察说，找我我也是要找证据的，证据就是这猪腿上的这根绳子，既然这根绳子在你这猪腿上，这就是你的猪，你服不服？老乡偏着脑袋，说，我不服。警察说，那你的意思是什么呢，你觉得那猪是你的？老乡被问住了，走到那猪跟前，蹲下来，仔仔细细地看来看去。警察说，看够了没有，它是不是你的猪？老乡说，我吃不准，反正，反正，我心里不踏实。警察说，你是觉得你那猪变小了，变瘦了？老乡说，小多了，瘦多了。警察说，你是想要胖一点的那头猪？老乡说，那当然，我的猪本来就比他的猪胖。警察说，那你觉得它们俩哪个胖一点？老乡又朝两头猪看了半天，也看不出来哪个更胖一点，说，我眼睛看花了。警察指了其中一头说，喏，这头胖一点。那老乡不依，说，我怎么觉得那头胖。警察说，弄杆秤来。刘言起先以为警察在挖苦他们，哪里想到真有人弄了秤来，是个带轮子的秤，轰隆轰隆地推过来，把猪绑了抬上去称，在猪的撕心裂肺杀猪般地叫喊声中，两只猪分量称出来了，它俩商量好了似的，居然一般重。警察笑道，随你挑了。那老乡还是不依，说，分量虽是一样重，但肉头不一样，我家的猪吃得好，他家的猪吃的什么屁。给猪吃屁的那老乡见两头猪一般重，就想通了，不恼了，说，换就换吧。就把腿上带绳子那猪牵到自己手里。给猪做记号这老乡换了一头猪之后，牵着猪走了几步，又觉不靠谱，说，这是我的猪吗？警察骂道，你就是个猪。老乡说，你警察怎么骂人呢。警察说，你连自己是什么你都搞不清，还来搞猪的身份。这老乡不做声了，朝着被别人牵走的那头猪看了又看，有点依依不舍，说，我们还是换回来吧。那老乡好说话些，说，换回就换回。两人重又交换了猪。警察又笑道，白忙了吧。

两个人和两头猪走了以后，下面轮到的是一桩不养老的事情，一个老娘，两个儿子，都不肯养老，老大老二各自有新房子，老母亲住在旧屋里，七老八十了，没有生活来源。警察说，老大出二百，老二出一百。结果两个儿子均不承认自己是老大。问那老母亲，哪个是老大，老母亲老眼昏花，支支吾吾竟然连哪个是大儿子都说不清。警察恼了，说，两个儿子，不分大小，一人二百。两个儿子不服，说，这事情不该你警察管，该法官管。警察说，那你们找法官去。两个儿子说，找法官也没用。警察说，知道没用就好，走吧走吧，一人二百。两个儿子又互相责怪起来，言语难听，不过没动手，最后还是领了警察的命令走了。那老母亲蹒跚地跟在后面，撵不上两个儿子，喊着，等等我，等等我。

轮到刘言的时候，警察已经很辛苦了，但仍然认真地听了刘言的话，说，你想要证明一下自己的年龄？又说，你身份证丢了吧？刘言说，身份证没丢。警察怀疑地看看他，说，身份证没丢？拿来我看看。刘言拿出身份证交给警察，警察一看，笑了起来，你要查出生年月日，这上面不就是你的出生年月日。刘言说，可是这次我回乡，老乡说我是属兔子的，又说是属大龙的。警察说，老乡的话你也听得？刚才你都见了吧，猪也分不清，老大老二也分不清，他们还想搞清你属什么？刘言说，不是他们想搞清，是我自己想搞清。警察说，笑话了，你自己的年龄你自己都不知道，那你自己是谁你知不知道呢？刘言同志，你可是有身份证的人，你可是有身份的人噢。刘言说，可有时候身份证上的信息并不可靠。警察说，身份证都不可靠，什么可靠呢？刘言说，所以我想来了解一下，就是我小时候家里头一次给我上户口时到底是怎么写的，到底是哪一年哪一月哪一日。警察听了，沉默了一会，眼神渐渐地警觉起来了，说，你查自己的年龄干什么，想把年龄改小是吧？少来这一套，你这样的人我见多了，要提干升官了，把你娘屙你出来的时辰都敢改掉，不过你别想在我这儿得逞。刘言说，我不是要改小，也不是要改大，只是要弄清楚自己到底属什么，查清楚了，说不定是要改大呢。警察惊讶说，改大？那你岂不傻了，改大了有什么好处？现在当官进步，年龄可是个宝，万万大不得，别说大一年两年，不巧起来，大一天两天都不行。刘言说，我不是要改，我只是想弄清楚。警察听了，又想了一会，理解了刘言的心情，同情地说，倒也是的，一个人连自己的出生年月日都搞不准，那算什么呢。刘言赶紧道，是呀，警察同志，就麻烦你替我查一查吧。警察说，你知道我这派出所管多少人多少事，要是什么烂事都来找我，我不叫派出所，我叫垃圾站得了。警察虽然啰里啰嗦，废话不少，但还是起了身朝里边走，嘴里嘀咕说，我去查，我去查，几十年前的存根，在哪里呢。

刘言感觉就不对，果然那警察刚一进去就出来了，脸色很尴尬，说，对不起，那些存根不在这里，我大概翻错了地方。刘言想，我就料到你会这么说。话没出口，感觉有人在拉扯他的衣服，回头一看，女儿不知什么时候已经站到了他的身后，老婆也跟来了，站在一边，抿着个嘴笑。刘言被女儿拉着揪着，分了心，眼睛也花了。再看警察时，就觉得警察的脸很不真切，模模糊糊的，刘言顿时就泄了气，他是指望不上这个认真而又模糊的警察了，他也不想证明自己到底是大龙小龙还是小兔子了，跟着女儿就往外走。那警察却不甘心，在背后喊道，哎，哎，你怎么走了？你等一等，我帮你查。刘言说，算了算了，我不查了。警察说，不查怎么行，一个人连自己的出生年月都搞不清，那算什么？刘言说，我搞得清，身份证上就是我的出生年月。警察说，身份证也有出错的时候。他见刘言执意要走，有些遗憾，最后还顽强地说，那你留一个联系电话吧，等我空一些，一定帮你查，查到了我会立刻打电话告诉你。眼睛就直直地盯着刘言手里的手机，刘言只得留下了手机号码。

一家人往外走的时候，有一个老乡正在往里挤，边挤边大声叫喊，钱新根，钱新根，你不要老卵钱新根。那警察说，我老卵怎么啦。刘言才知道这警察叫钱新根。那老乡说，钱新根，你再老卵，我就把你捅出来。警察说，你捅呀，你有种现在就捅。那老乡见钱新根无畏，反而退缩了，口气软下来，大喊大叫变成了小声嘀咕，说，你以为我不敢？你以为我不敢？警察说，我正等着你呢。刘言三人走出了派出所的院子，后面的话，也就听不清了。

开车回去的路上，老婆和女儿对乡下人的这些可笑之事，又重新笑得个人仰马翻的。刘言心里不乐，想起单位里刚去世的老同志张箫sheng（shen、seng、sen）的事情，说，你们也别这么嘲笑人家，有些事情，并不是城里人和乡下人的区别。老婆和女儿不知道他的遭遇，所以不理解他的心思，不同意他的说法，说，城里没见过这等事，下乡来才见到。

快到家的时候，刘言接到学校老师的电话，喊家长到学校去谈话。刘言问女儿在学校犯什么错了，女儿说，我犯什么错，我才不犯错，喊你们去是表扬我呢。刘言跟老婆商量谁去，老婆说，那老师年纪不大，倒像更年期了，说话呛人，我不去。

就只好刘言去了，老师告诉刘言，他女儿把学校填表的事情当儿戏，一式两份表格，父亲的职务级别居然不同，一份填的是科长，一份填的是处长。老师说，刘先生，你有提拔得这么快吗？在填第一张表格和第二张表格的时间里，你就由科长当上处长了？刘言目前既不是科长，也不是处长，是个副处长，熬那处长的位置也有时间了，没见个风吹草动，正郁闷呢，女儿倒替他把官升了。

刘言回家责问女儿捣什么蛋，女儿说，噢，我没捣蛋，一不留神随随便便就写错了吧。刘言批评说，你也太没心没肺了，表格怎么能随便瞎填呢。女儿不服，说，这有什么，填什么你不都是我爸？又说，你还说我呢，你自己又怎么样，从来不出差错吗，小兔子同志？刘言一生气，说，你怎么不把自己的生日填错呢。老婆在一边替女儿抱不平了，说，刘言你吃枪子了，女儿的生日怎么会错？她又不是你，她的出生证就在抽屉里，你要不要再看一看。刘言火气大，呛道，那也不一定，医院也有搞错的时候。老婆见刘言平白无故发脾气不讲理，性子也毛躁了，言语也呛人了，说，那医院还会犯更大的错呢，护士还会抱错孩子呢，你还可以怀疑她不是你亲生的，你要不要去做个亲子鉴定啊？刘言投了降，说，算了算了。

过了些日子，刘言的一个朋友过生日，办个生日派对，刘言去了，就问那朋友，你这生日，这年这月这日，最早是谁告诉你的？朋友愣了半天，说，咦，你这算什么问题，生日当然是从父母那里知道的啦，难道你不是？刘言说，我父母都不在了。朋友又愣了愣，捉摸不透刘言要干什么，说，怎么，父母不在了，生日就不是生日啦？刘言说，趁你父母健在，赶紧回去搞搞清楚，父母说的话，未必就是真相啊。朋友说，生你养你的人，怎会不知道真相啊？刘言说，最真实的东西也许正是最不真实的东西。朋友见他神五神六，不理他了，忙着去招呼其他人。一位来参加派对的客人听了他们的对话，又看了看刘言，说，刘言，你好像话里有话嘛。刘言说，你呢，你的生日你是怎么知道的？你父母告诉你的吗？这客人说，我家户口本上写着呢。刘言说，你那户口本是哪里来的呢？这客人翻了翻白眼，撇开脸去，不再和刘言搭话了。

大家喝酒庆生，刘言喝了点酒，指着过生日的朋友说，今天真是你的生日吗？朋友见刘言一而再再而三地对他的生日提出异议，不满道，刘言，你什么意思？刘言又说，你能肯定你真是今天生出来的吗？你能肯定你这几十年日子是你自己的日子吗？你真的以为你就是你自己吗？你有没有想过，你辛辛苦苦努力的，可能根本就不是你的人生呢。大家都被刘言的话怔住了，怔了半天，有一个人先回过神来了，一拍桌子大笑起来，指那过生日的朋友说，啊哈哈哈，原来你是个私生子啊？朋友气得不行，手指着刘言，有话却说不出来，憋得嘴唇发紫发青。大家赶紧圆场，说，喝多了喝多了，刘言喝多了。也有人说，奇了奇了，从前他再喝三五个这么多，也不会醉。还有人说，废了废了，刘言废了。

其实刘言并没有喝多，他只是听到大家左一口生日快乐右一口生日快乐，句句不离生日，搞得跟真的一样，心里犯冲，就觉得"生日"那两字很陌生，很虚无，他不能肯定到底是谁在过生日，也不能肯定这生日到底是谁的，便借着点酒意发挥了一下，让自己逃了出来，逃离了那个不真切的、模糊的、虚幻的"生日"。

刘言走出来的时候，手机响了，是一个陌生的号码，那个人说，刘先生你好，我就是那个警察呀。见刘言不回答，那警察又说，刘先生你忘记我了？我就是乡下那个叫钱新根的警察，其实我又不是那个叫钱新根的警察。刘言说，你帮我查到出生年月日了吗？警察说，我打电话给你，就是要跟你说一声对不起，我现在不当警察了，不过不是因为我干得不好，是因为我是个冒名顶替的。刘言说，原来警察也是假的。那警察说，也不能算是假的噢，钱新根是我的堂兄，他部队转业回来，上级安排他当民警，开始他答应了，后来又不想干了，要出去混，可是放弃警察又太可惜，就让我去顶替了，我是他的堂弟，长得很像的。刘言说，你被发现了？那警察说，我不是被发现的，我堂兄在外面混不下去，又回来要当警察了，就把我赶走了，我下岗了。刘言说，荒唐。那警察说，不荒唐的，只可惜我没有来得及替你查到出生年月，其实我已经快要接近真相了，我已经知道那些存根在哪里了。刘言说，那些存根就很可靠吗，也许当初就有人写错了呢。那警察说，所以呀，所以说很对不起你，我正在争取重新当警察，以后如果能够重新当上，我一定替你寻找证明，我一定查出你的真正的不出一点差错的出生年月日。刘言说，你不叫钱新根，你叫个什么呢。那警察说，我叫钱新海，跟我堂兄的名字就只差一个字。刘言听了，眼前就浮现出那警察的面貌来，心里有些苍凉，说，谢谢你，钱新海。就挂断了手机。

2010 年

寻找卫华姐

一

我就是卫华姐。

昨天小金跟我说,卫华姐,有个人在网上发帖寻找卫华姐,是不是找的你哦。我说怎么会呢。我又不在网上跟人搭讪,也不发帖,也不开博客,只是偶尔出于某个实用主义目的到某个角落去潜一下水,从没冒过泡泡,要找我的人,才不会到网上去找。小金说,那也不一定哦,人多力量大,他是发动群众一起找吧。我说,这倒是的,先就把你发动起来了。

我本来不想把这件事想下去,可是过了一天,小金又跟我说,卫华姐,雷人啊,一夜之间冒出来好多个卫华姐。我说,那就好,总有一个是那个人要找的卫华姐。小金说,可惜没有,楼主说,虽然都是卫华姐,但是暗号没接上。我嘲笑说,还暗号呢,地下党接头啊?小金朝我摇头,一副恨铁不成钢的嘴脸,但还是没甘心,又说,卫华姐,你知道那些对不上暗号的卫华姐怎么样了呢?我说,你是不是看谍战剧看多了,不会被当成叛徒枪毙了吧。小金说,枪毙?谁枪毙谁噢,差点把楼主给拍死。

我有我的事情和心事,哪个耐烦听这些,可小金还就偏纠缠住了,有心要给我找点故事来,说,你知道他们为什么要拍楼主?我不知道。小金说,就是因为对不上暗号,因为楼主说了,对不上暗号,就不是卫华姐。我轻描淡写说,不是卫华姐就不是卫华姐吧。小金说,可那些卫华姐说出了好多卫华姐的故事,有的说自己铁定就是卫华姐,但因为时代久远了,所以记不得暗号了,也有怪楼主自己记错了暗号,还有一个说,都什么朝代了,还沿用老暗号,早就该改暗号啦等等。我勉强给了她个笑脸,实在是没兴趣继续这个话题。

小金却又说,这些卫华姐也够执着的,眼看着成不了卫华姐,就联想到和卫华姐有关的人,有说是卫华姐的妈,有说是卫华姐的表大爷、卫华姐的干爹,还有一个说,找不到卫华姐,卫华妹你要不要?真是什么鸟都有。小金笑道,全是油菜花。我又跟着笑了一下,应付她而已。反正不关我事。

又过了一日,小金又蹭到我的办公区。我就觉得奇怪,这小金虽是我的同事,但平时跟我也不算热络,她的办公区跟我隔得老远,可自从看到了寻找卫华姐的帖子后,她老是来。

她没开口，我就先说了，小金你怎么又来了，是不是你在兴风作浪，帖子是你发的吧？小金说，怪了，我要找你，还用发帖子吗？你就在我面前嘛。我说，那也不一定哦，有些人有眼无珠，就在面前也看不见噢。总算是报了她一箭。小金却蛮乐意领受，说，卫华姐，我有个直觉，那人就是找你的。不等我问为什么，她又说，因为我觉得他和你很像。我倒奇了怪，问说，你见过他？小金说，倒是贴了个头像，是一只猫，不会就是他本人吧。又说，只不过我揣摩他的口气，看他写的东西，看他的风格，似乎和你是一类人。我说，一类人？什么人？小金说，鸟人。近旁的同事都哄笑起来。小金，卫华姐，我不是骂你，也不是骂鸟，我从来都觉得鸟人是特别美好的事情，你想想，又能走又能飞，多好。

我说，我飞过吗？小金说，你坐在那里发呆的时候，一定在飞。我没想到这丫头还能说出这样有哲理的话来，但我还是不认为寻找卫华姐和我有关，我对小金说，小金，你有什么心思就跟我直说吧，是不是男朋友出状况了？小金说，卫华姐，你以为我花痴啊，我再告诉你一个信息，他去的那个吧，叫老地方吧。

我心里果然动了一下，说，老地方吧？还有这样的吧？小金说，唏，什么吧都有，宁缺毋滥吧，子虚乌有吧，还有一个叫精神病发作期吧。

说实在的，我心里又动了一下，问小金，那个发帖的人，是叫建国吗？小金说，贴吧里哪有叫建国的，都穿马甲。我说，那他叫什么？小金说，我告诉过你了，他叫鸟人。

我承认是老地方这个名字打动了我，因为我刚刚经历了一次老地方的遭遇。

二

几天前一个下午，我接到高林电话，说，卫华姐，建国回来了，要请我们聚一聚。我就觉得奇怪，这个建国，从小和我们一起长大，一起上学，又一起工作，后来我们终于分道扬镳了，他和小军、小月几个人出去闯天下，北漂的北漂，南巡的南巡，剩下我们几个留守在老地方循规蹈矩按部就班地工作和生活，开始一两年，还有些联系，但后来就断了，断得很彻底，彼此不再来往，也不再有消息。这没有什么奇怪，奇怪的是建国这家伙，从前是跟我最铁的，现在回来了，不先来找我，倒去找高林。

高林哪能不知道我这点心思，说，卫华姐，他先打听到了我的手机，就打给我了。我说，行啊，找谁都一样，到哪里聚呢？高林说，建国说了，老地方。我说，老地方是什么地方？高林说，嘿，卫华姐，你跟我问的一样，我也忘记了老地方。

高林这一说，我才想了起来，是有一处老地方，当初我们没有分手时经常聚会的地方，可这么久了，那个叫西七的小饭店，还会在吗？高林说，建国说了，还在，他已经订了包间。我怀疑了一下。高林又说，要是不在了的话，建国怎么订得到包间呢。最后高林把西七的地址转发给我，建国写的很详细，新衙街和旧学坊交界处往右拐进旧学坊，旧学坊里第二条巷子，叫莲花巷，莲花巷12号。

我揣着这个曾经很熟悉、但又早已经遗忘的详细准确的地址，晚上就去了，上了出租车，我报了地名，见司机点了点头，我就更踏实了。我从城东赶到城西，路途遥远，好在建国定的是晚七点，我还有足够的时间在路上消磨，只是眼睛看着计价表上的数字快速翻滚，心里就痛了一下，好你个建国，吃你一顿隔代饭，代价还不小。

哪曾想到这才是代价的开始，那司机载我到了城西，似乎就迷了路，但并不说话，只是嘴里"啧啧"作响，我看出奇怪，问他，是不是找不着路？司机不理我，嘴里又开始"咦"来"咦"去，"咦"到最后，他不能不理我了，也不能保持面目一直向前的姿态了，他侧了一下脑袋，斜眼看了我一下。这下轮到我"咦"了，我说，咦，我告诉过你地址了，而且，这里差不多就是新衙街了。那司机还是金口难开，车子再往前，看到了竖在街头上的路标，正是新衙街，说明我们已经开到了新衙街的尽头，司机设法调了头往回开，我的脸贴在车窗玻璃上，睁大眼睛朝外面看，不要错过了旧学坊，可是天色已经黑下来，看不清楚，司机似乎有点恼，但他又恼我不得。错不在我。又开了一段，可能感觉又快到新衙街的另一个尽头了，司机终于忍不住了，停了车，打开车门，下去拉住一个路人问路。问完路上车，司机打了方向盘又调头。我说，又开过头了？司机只管沉着脸往前开，仍没发现旧学坊，一会又开到刚才已经到过的新衙街的那个尽头，别说司机不干了，我也不干了，我说，算了算了，我下车了。我付车钱的时候，司机才说了一句，旧学坊可能拆了。我气得大声说，不可能，还有人在那里等我呢。那烂车屁股一冒烟开走了。

下了车我的心情忽然好起来，旧学坊一定就在附近，走几步就到了。真是如有神助，走了几步，就看到了旧学坊的路牌，我心里刚一激动，很快却又犯犹豫了，这旧学坊和新衙街是十字交叉状，而不是丁字交汇状，我可以从两个坊头进入旧学坊，这才发现，建国让我们往右拐，这是个错误的指示，他怎知道我们从哪个方向进入新衙街呢。且不管那么多了，好在旧学坊已经找到，大不了我走错一头，回出来再进另一头必定是了。

没想到我又错了，我从这头进入旧学坊，旧学坊里第二条巷不是莲花巷，第三条也不是莲花巷，第一条巷也不是莲花巷，我回出来，又从另一头进入，还是没有莲花巷。我退出来，街头上有个书报亭，我过去打听莲花巷，那个卖报的妇女说，莲花巷不应该从这里走，你要绕到望亭路的口子进去。我不知道那个望亭路在什么地方，报亭妇女说，这个圈子绕得远呢，你要打个车。我重新上了一辆出租车，这个司机比刚才那个司机好一点，我上车时他还说了一声你好。但是他绕了好一会，眼看着没希望找到望亭路进入莲花巷的口子，就好不到哪里去了，跟我说，你下车吧，我要交班了。我说，都是六点交班的，都七点了，你交什么班。那司机说，我就是七点交班。我说，我可以投诉你的。司机说，你投诉好了，没有人投诉的司机不是人。我一边生气一边下车，正好高林的电话来了，没等他开口，我没好气说，高林，你搞什么搞，我找不到西七。高林说，卫华姐，我也找不到西七。又说，我刚才打电话问了小刚他们，他们也没有找到。我说，高林，建国回来，你见到他了吗？高林说，没有，他直接打电话给我的。我说，那你看看他的来电显示。高林看了，说，1390后面是103，这好像是北京的手机。我说，明白了，建国在北京搞我们呢。

自认倒霉吧，各自回家，一夜无话。

第二天一早，高林就来电说，卫华姐，建国来电话了，向我要你的手机，我不知道他又要搞什么，没给他。又说，可我想想还是不对，建国他为什么要在北京搞我们。我想想也不对，我决定去做一件事情。

上午单位不忙，我抽个空子又跑了一趟新衙街，因为是大白天，眼目清亮，一下子就找到了莲花巷，只是没有12号，什么号也没有，整条莲花巷都拆了，用蓝色的围板围起一个大工地，我看不见里边是什么，往前走了走，终于找到一个缺口，朝里探望了一下，就是一片废墟。有个工人见我张望，过来说，你找人吗？我说，我找一个地方，莲花巷12号，就是这儿吗？他说，不知道，我是外地人。说罢他钻进工棚里去，过片刻又退出来说，昨天晚上也有个人来找的。我说，什么样的人？他摇了摇头说，天太黑，看不清，男的。

我打电话告诉了高林，高林说，算了算了，不跟他计较了。我叹口气说，老地方已经不是老地方了，没地方可找老地方了。高林说，卫华姐，说话绕这么大的圈子干什么啊？我回味了一下自己说的话，惊出一点虚汗。

三

小金帮我进入那个老地方贴吧，可我没有注册，发不了帖，小金说，你现在就注册一个吧，我说多麻烦，她说，一秒钟。又说，我帮你弄，你叫个什么。见我不吭声，又麻利地说，我替你想一个吧，一败涂地，两叶掩目，不三不四，吆五喝六，七上八下，十生九死，你挑吧，保证没人用过的。我说，那是，现在的人，互相就是靠踹。小金说，不踹了不踹了，你自己想吧，你叫什么。我说，我叫卫华姐。小金刚要否定，嘴还没张开，忽然双手一举，朝我竖起两个拇指，说，牛，牛，我叫卫华姐。就劈劈啪啪地替我注了册，我心里笑她，你以为你是卫华姐啊。注册成功，该我打字发帖了，我就打字发帖说，鸟人你是建国吗？

谁知道鸟人什么时候才会回复，或者根本就不回复。我是不会等的，我得干自己的正事。那小金好像没事可干，到她自己的电脑上去等了。等了一会，那人的回帖来了，问，你是卫华姐？小金赶紧又跑过来，说，卫华姐，我说的吧，他在等你呢。她又看着我打字发帖，我说，我是卫华姐。他马上回帖说，你是卫华姐的话，你应该知道暗号。我说，哪来的暗号，从来就没有暗号。那鸟人竟笑了起来，说，对上了，卫华姐，就是你。

小金长长地吁了一口气，想明白了，感叹说，原来暗号就是没有暗号，那么多聪明人都只管往暗号里想，偏没有往没有暗号里想。

倒把我的想象给搞起来了，我猜想他就是建国。小金见我激动，反而又说，淡定，卫华姐，要淡定。

现在我们对上暗号了，我就是卫华姐，他就是建国，我们可以约了见面，但是我吸取了上回的教训，我说，建国，有什么事你到我单位来谈，我单位一楼大厅，有咖啡座，没人打扰，今天下午一点。我以为难住他了，他在北京，怎么能到我

181

单位来呢。哪料建国一口答应，倒给了我个措手不及。

建国不是我的初恋情人，我不会因为去见建国而慌乱，但我确实有点不淡定，我说，这个人，什么人，去无踪来无影的。小金说，咦，咦，早告诉你了，他是鸟人。鸟人就意味着飞来飞去，你看到鸟飞来飞去，但是你又不知道哪只鸟是哪只鸟。

我到一楼的咖啡座转了一下，倒是有几个在等人的，但是我没看到建国，我正猜想是不是又一次上当受骗，忽然有人喊我卫华姐，我朝他看了看，但他不是建国，我说，你是喊我吗？那人说，你不是卫华姐吗，我当然是喊你啦，你不认得我了？我是建国呀。我摇了摇头说，你怎么是建国。那人说，卫华姐，你再仔细看看，我是建国。我说，你干吗要冒充建国？那人说，天地良心，我没有冒充，我就是建国。我心想，这个鸟人，到底要干什么？那人又道，卫华姐，你看我这里有一颗痣，你记得我小时候就有一颗痣的吧。我不认他，说，现在的人，要想让自己的脸上长颗痣出来，也不是什么难事。你开这么无聊的玩笑，有意思吗？两个人僵持了一会，那人又说，其实我自己也奇怪，前几年我生了一场大病，脱了形。我又朝他仔细瞧瞧，还是怀疑，我说，但你不怎么像生了大病的样子，也不瘦，气色也不错。建国说，这个我真是解释不清楚了，我脱了形以后，慢慢调养，后来又恢复起来了，一照镜子，我也认不出自己了。

这鸟人，硬说自己是建国，我也不跟他争了，就认他是建国算了，我说，建国，你回来干什么，找我什么事？建国说，我家有处老宅，想麻烦你帮我卖了。我说，你家老宅，不会是莲花巷12号吧？建国知道我在揶揄他，赶紧说，莲花巷的事情我可以解释清楚的，那天我下了飞机就想找你们一聚，又不想太麻烦你们，就想起了老地方，一打114，西七果然还有，我就订了座。我哪知道它早就搬了地方，虽然还叫西七，却不是从前那个西七了。我想了想，说，就算认你这个解释，但是卖老宅怎么能让别人代办呢。建国说，想麻烦卫华姐和我一起去公证处，办个委托。

事情进展这么快，我有点发愣，愣了半天，才想起来说，那也不行，卖房子得夫妻双方一起到场，办公证也一样哦。建国说，我没有夫妻双方，我只有一方。拿出一张纸来，朝我扬了扬，说，这是证明，证明我是单身。我也没看他的纸。纸能证明什么呢。

四

我陪建国到所在区的公证处去，材料递进去，立刻就被扔出来，建国的身份证正好掉在我的面前，我朝那照片一看，难怪人家要扔出来，我又朝建国的脸看了看，忍不住又说，建国，你真的不是建国哎。建国说，卫华姐，你怎么又来了，这个问题我们已经有结论了。我说，可是人家不给你结论。

建国指了指我，对那个工作人员说，她能证明我是建国。那人并没看我一眼，只说，她是谁？建国说，她是卫华姐，她有身份证和其他有效证件。倒惹得那面孔铁板的人笑了起来，说，她有证明也只能证明她是她自己，不能证明你是你自己。

我才想到，原来建国找我，是为了让我证明他，我这个人好说话，他说他是建国我就可以算他是建国。只可惜我算他是建国，没有用，一点用也没有，他身份证上的照片已经把他出卖了。建国有点着急，和那个人讲道理说，你想想，如果我是假的，我完全可以用一张假身份证来蒙骗，换上我现在这张脸，你就看不出来了。那人觉得建国讲的道理完全不成为道理，他只是说，反正这个人不是你。建国说，那你说我是谁？那个人说，我不知道你是谁，反正你不是身份证上的这个人。

建国朝我看，求我的救兵，我救不了他，我说，你自己看看是不是你吧。他也不看自己的身份证，只说，我知道不像，那是因为我生了一场大病。那个人呛说，你倒没有说你整了容。

我们两个无法可想了，站也站累了，退到一边坐下，先歇一会，我说，建国，算了吧，别委什么托了，你就自己去卖老宅吧。建国说，我要是自己能卖我就不麻烦你了，我已经订了今晚的机票。我们正在商量，旁边来了一对老夫妇，也坐下来，那老先生跟我们请教说，同志，怎么才能证明我们是一对夫妻？

我和建国对视了一眼，建国先说，拿结婚证出来吧。那老先生说，结婚证丢了。我说，补办结婚证吧。老先生说，不给办，因为没有证明证明我们是夫妻，可我们确实是夫妻，我们已经过了金婚。我又想说，到双方单位开证明吧。可是我没有说出来，因为这是常识，肯定有人会指点他们，估计他们也没搞到单位证明，也许单位早就没了，也许从来就没有单位，什么可能都有，总之他们现在无法证明他们是夫妻。老先生朝老太太点了点头，又摇了摇头，没有再问我们什么话。我倒是顺便替他们想了一下，他们为什么要证明自己是夫妻呢，买卖房子？立遗嘱？或者其他什么需要？不过我并不需要答案。

老夫妇的难题不仅没有让建国泄气，反而给他鼓了劲，建国说，卫华姐，他们这么难都在努力，我们继续。重新回到办事那处，建国说，我有办法了，你们上网查。那个人说，你叫崔建国，全国叫崔建国的有多少？建国说，输入我的各种特征，我不相信有一个和我完全相同的崔建国。

那个人倒也不嫌麻烦，就上网去查崔建国，按照建国提供的种种特殊条件，果然找到了一个匹配的崔建国，打开网页，赫然就是一张大头像，年轻帅气，我叫了起来，建国。那工作人员说，是呀，这照片上的才是崔建国，可你不是。建国急赤白赖了，说，我要不是建国，我就是，我就是，我就是——不知道就是什么了。我说，就是鸟人。那个工作人员以为我在骂人，赶紧劝说，有话好好话，女同志还出粗口啊。建国赶紧替我洗清说，她没有骂人，我就是鸟人。

话题又下不去了，思路也堵塞了，但是现场的气氛倒是发生了变化，开始是那个人态度不好，现在我们火冒起来了。他要态度时，我们低三下四，阿谀奉承，等我们火冒了，他倒和蔼可亲了，提醒我们说，你们再仔细想想，还有没有其他可以证明你是崔建国的证明。我们还真的想了一想，想起一个人来，也是我们的发小，叫周冬冬，他现在就是这个区的区长。

我赶紧报上周区长的名字，那个人笑了笑，说，报区长的名字有什么用。我说，我可以给他打电话，让他跟你说。那个人又笑说，我怎么知道电话里的人是不是周区长，再说了，我们小小的办事员，从来接触不到区长，也不认得区长，这不能算证明。建国气得拍了一下桌子，说，依你这么说，我就不能证明我是崔建国了。那人说，你本来就不是崔建国嘛。你们就别跟我打马虎眼了，我也不怀疑你们是诈骗，诈骗没这么理直气壮的，知道你们好心是替别人办事的，你们还是让他本人来吧。

他本人已经来了，哪里还有另一个他本人呢，我已黔驴技穷，建国拉了我就走，边走边说，卫华姐，只有一个办法了，你去找国庆吧。国庆是建国的弟弟，不知为什么，建国走后，两兄弟就不再来往，互不理睬。我说，你不是不理他吗，又去找他，他未必愿意理你。建国说，所以要你去才行。

我去找国庆，找来一看，国庆长胖了，和建国身份证上的照片还真有点像，更重要的是国庆脸上也有一颗痣。我奇了怪，说，国庆，你从前有这颗痣吗？国庆说，从前就有，不过从前痣小，一般不会注意，现在长大了些。我把话跟国庆一说，起先国庆觉得很荒唐，不肯去，我说，你不信，我也不信，但事情就是样的，你跟我去看看，不行就拉倒。

国庆就跟我走了一趟，还是那个办事员，一看国庆到了，说，我说的吧，你们早把本人弄来，也不必费这么大的周折了。又严肃地对国庆说，崔建国，以后办这类公证，一定要本人亲自到场，现在的人眼睛都凶，你想蒙街道办事处、蒙居委会都难，别说蒙公证处了。

我们办妥了委托书，建国已将出售老屋的有关内容通过中介挂到网上，留下了我的联系方式，他走了，剩下来的事情，就由我对付了。

五

建国像鸟一样飞走了，倒丢下个包袱给我，不过我也没那么傻，买房的人，爱来不来。

小金又蹭过来了，问我，卫华姐，有人买房吗？我说没有，要不你买吧，也让我了却个心思。小金笑道，我才不要。又说，要不我发个帖，看看有没有上钩的。我说，这种广告帖，你能贴上去？小金说，我隐晦一点，试试吧。

就发了一个，只写了一句：有老地方一处。

果然有人来和小金搭讪了，他们似乎对看不见的东西更有兴趣。那个买主要看房，我跟他约了时间，带上钥匙就去建国的老宅。那地方我没去过，不过这一次还算幸运，不是莲花巷12号，比较顺利就找到了，在一个偏僻的小院里，房子也旧了，小院里有几户人家，东西杂乱，但是很安静，与"老地方"倒是相符的。我们进去都没向人打听，知道最西边一间就是。

那个人看了看房子，倒是满意，对价格也没有太大的意见，最后看房产证的时候，他怀疑起来，说，你是崔建国？我心一虚，赶紧说，我不是。那人说，房子不是你的？我说，我代朋友卖的。他说，你朋友呢？我说在国外呢。他就往外走，不想和我谈了。可我得抓住这个机会，我说，我有他的身份证复印件和委托书，拿出来给他看，他不看，说，这种东西，造一个假的，太容易了。又说，哪有卖房子房主不出现的。头也不回地走了。

过了两天，又有人来了，这回我先说明了，我是代朋友卖房的，但手续齐全，这个倒比较爽快，说，有手续就行。过来看了房子，也还满意，又仔细看了委托书和其他资料，最后问我，房主呢？我说，在北京。他说，那等他回来再说吧。又走。

我回来想给建国打个电话，结果却打到国庆的手机上去了，我请国庆再帮一次忙，国庆给我面子，又答应了，我打电话给那个买主，说，房主回来了。那人说，咦，这么快？我说，也是巧了。

我们又约了，仍然在老宅那里见面，那人一进来就朝着国庆看了看，拿了建国的身份证复印件对比了一下，说，像倒是蛮像的。又说，但是哪有这么巧的事呢，说回来就回来了？又问国庆，你这房子多少年了？多长时间没人住了？你的邻居都是干什么的？国庆答不出来，那人的脸就沉了下来，说，你脸上这颗痣是假的吧。国庆先慌了，我赶紧镇定说，痣怎么会是假的，不信你自己摸一摸，看会不会掉下来。那人说，不管它会不会掉下来，反正它的位置不对，你身份证照片上，痣在这个部位，你本人脸上，痣在那个部位。我说，痣是真痣，但是痣长着长着也会移位的。那人说，你怎么不说他的脑袋移位到别人的脑袋上去了呢。稍停一下，又说，果然我掉以轻心了。

我说，你怎么掉以轻心了？那人说，别人提醒我，买二手房要小心，要看房产证，还要对上房主本人，否则很可能是诈骗，我当时还想，哪有那么巧让我给碰上。

他不买房子就算了，居然还报到派出所去了，把我和国庆都请了进去，结果当然是会出来的，但是搞得我好囧，国庆生我的气说，卫华姐，我觉得你已经不是卫华姐了。单位领导也批评我说，张卫华，你工作的时候怎么没有如此丰富的想象力呢。

见小金冲我笑，我心想，你先别笑，等我来收拾你。她是始作俑者，我不报复她报复谁去？但是我没她鬼点子多，想不出整她的好办法。下班的路上，我坐在公交车上，车子经过一条街，街边有个音像店，店里正在播放一首歌：直到开始找不到你，直到终于不想找到你，直到擦身而过也不认得你。

我重复地哼哼着这几句歌词，一直哼到下车。

过了一天，小金又来了，说，卫华姐，奇怪了，又有人寻找卫华姐了。我说，这回又是谁在寻找卫华姐，不会又是鸟人吧？小金似乎有点迷惑，说，一个叫金三角的。我说，咦，金三角？这不是你以前用过的网名么。小金说，我有吗？我有用过这个名字吗？我说，怎么没有呢，我们还笑话你，那可是世界头号毒品产地，你取这个名字，找拍呢。小金恍恍惚惚说，我的妈，我注册过的名字，我竟然忘了。我说，你用过就扔的名字谁知几多，怎么就不会忘了呢，我记得你还叫过"打死也不承认"，叫过"乌烟瘴气"，等等。小金又想了想，说，是呀是呀，我现在想起来了，我还有一个"你已经不是你"。我说，那就对了，这个金三角肯定是你。小金说，难道这个寻找卫华姐的帖子是我自己发的？我说，有可能，但是你干吗要寻找卫华姐呢，你不是说过，我就在你面前，不用寻找吗？小金彻底迷糊了，说，难道还有另一个我？我说，难说的，有的人一个人分裂成好几个人呢。小金说，卫华姐你别吓唬我。我说，我没吓唬你，我现在都不知道到底有几个卫华姐。

小金迷迷瞪瞪回到自己的办公桌上去了，只过了片刻，她又过来了，说，卫华姐，又有人来了。我说，什么人？小金说，自称卫华姐。我说，她说什么了？小金说，她和她的妹妹已经失散许多年了。我说，小金，恭喜你啊，终于找到失散多年的姐妹。

2011 年

我们的会场

快过年了，大家都慌慌忙忙，慌的什么，忙的什么呢。都忙了一年了，还忙么？不仅还忙，那是更忙。现在生活幸福，日子好过，一年一眨眼就过去了，年初时总觉得一年的时间太充裕了，可以做很多事情，可以翻很多花样，结果还没怎么着呢，一年倒又过去了，大街小巷已经有年的味道出来了。

所以要赶紧呀，赶紧干什么呢，赶紧把年前的该做的事做掉。年前该做的事很多，其中最重要的工作就是开会，也有些会是可以挪到年后去开的，那就不必在这时候凑热闹，但有些会必须在年前开掉。这是铁定的。谁定的？不知道，能不能改革？也不知道。就这么照着走罢。

既然开会是铁定的，那就得紧锣密鼓地准备起来，何况今年这个会与往年又不同，请到了一号首长。一号首长听起来吓人，其实也还好啦，也就是上级直管部门的正职。别看这一个正职领导，下面分管的十几条线几十个单位都抢着请他到场，他到场不到场，会议的档次大不一样，结果也大不一样，不仅面子光鲜，很可能会有真金白银到手，首长听汇报的时候，一高兴了，说，这个项目好，你们打个报告来，我批。现官不如现管，所以都管他叫一号首长，或许比来一位中央首长更实惠呢。

可惜的是，正职只有一个，他也愿意每个单位都到一到，作个指示，给辛苦了一年的同志们敬个酒，哪个也不得罪，可他哪里忙得过来，他也不能分身，只能有选择地参加其中的部分会议，没被他选上的单位总是有一点失落，但也理解首长的辛苦，于是就想，今年请不动，明年加油。

黄会有家的老板比较纠结，连续三年没有请得动一号首长，别说在兄弟单位面前没面子，就是在自己家里，看到同事部下，也有点抬不起头，挺不起腰。所以今年早早地就动起了心思，却又迟迟不敢开口，怕万一一开口被回绝，那就没有回旋的余地了。但迟迟不开口吧，样样又被别人抢了先头，首长肯定是先请先答应，你请得迟了，他的日程都安排满了，想答应你都不行了。

老板着急，一般都拿办公室主任出气，办公室主任就是个受气包，出气筒，垃圾箱，还得是个灭火器。

其实黄会有早已经替老板想好了主意，只是老板不开口，他也犯不着主动献计献策，显得自己多有谋略，像个智多星似的，盖了老板的帽可是大忌。等到老板说了这事，黄会有也没有马上就献出来，只是说再想一想，等了一天，觉得火候差不多了，就跟老板建议说，用激将法吧。老板说，什么激将法？怎么说？黄会有说，你就跟他说，他三年都不到我们单位来参加年终大会，我们的同志对他有意见，群众议论纷纷。老板一听，恼了，说，黄会有，你害我？黄会有说，只有这个办法还能一试，其他办法，试都别试。老板想了想，也认了，说，也是的，我们这种边缘单位，得不到他的重视，又想请他来，只能按你说的一试了。

这一试还真行，那首长起先一看老板的笑脸，就知道是要请他到会了，赶紧边走边摆手说，你别说了，你的会我去不了。老板追着说，知道您忙，也不想让您负担过重，可是，主要是下面的同志、群众有意见。首长一听"意见"两字，顿时站住，目光虚虚的，盯着老板看了看，说，意见？对我都有些什么意见哪？老板赶紧说，没啥别的意见，就是您三年都没有出席我们的年终大会，同志们觉得您太忙了。首长"啊哈"了一声，说，肯定不是说我太忙，是说我对你们不够重视吧——我真有三年没去你那儿了？老板说，三年，肯定是三年。首长又笑一声，说，那好吧，今年我去。又说，一会儿你就跟小陆把时间定下，这个时间，铁定就是给你的了。

老板回来到黄会有办公室，当着其他人的面，朝他点了点头，也没说话，将笑容藏在脸皮后面，走了。

黄会有就知道事情成了，顿时头皮一麻，心往下一沉，首长答应来，是给老板面子，可老板有了面子，他们干会务的，就得扒掉一层皮了。

办公室的气氛一下子紧张起来，人都像没头苍蝇似的乱转，会场还没有确定，所有的事情都无法进展，会议通知发不下去，会议议程也排不上来。所以眼前的头等大事，就是找会场。因为有首长来，会场的标准要高，又因为是全系统年终大会，人数多，这样的又要大又要好的会场一直是最抢手的，何况临近年底，这是全城热会的季节，哪有空闲的会场等着他们呢。

事情果然如此，黄会有和办公室的同志分头联系，先拣最有把握、最熟悉的饭店宾馆，果然全满，有的都排到年三十了。

熟悉的找不着，就找不熟悉的，黄会有发动群众，人人出主意，自己出不了的，回去问家属亲友，我还不相信了，偌大一个城市，连个会场都找不到？结果大家果然报来许多，有些连听也没听说过，有些也不是家属亲友提供的，而是114查询来的。堆在黄会有面前，一大堆，黄会有分了工，大家再分头联系，又狂打一圈电话，结果出来了，四星及以下的，想都别想了，五星以及超五星的，还有一两家可以一看。

但是如果订五星超五星，会议预算就要大大超支，而不是小超支，黄会有不能擅自做主，去跟老板请示，老板说，钱重要还是人重要,你连这点都搞不清,当的什么主任。话是老板有理。可老板也有不讲理的时候,有一回老板出国,联系不上,也是人和钱的问题,黄会有擅自作了一回主,老板回来问话,却不问钱重要还是人重要,问的是你做主还是我做主。

黄会有去看会场,这是一家五星宾馆,商务型的,老外比较多,大多只开些小型商务会议商谈商谈而已,根本就没有大会场,为了接这单大生意,他们表示可以将大餐厅改成会场,一算座位,倒是可以容纳,虽然餐厅改成会场有些不伦不类,怎么看怎么不舒服,还有一股子油烟气,但好歹是可以安放了。

这里黄会有正暗自庆幸,那边经理又提出要求说,会议要在上午十一点前结束,因为下面接的是一场婚宴,十一点翻场已经够紧的了。这个条件一出来,事情又黄了,十一点那时候正是首长开始总结的时候,首长爱讲到几时便是几时,哪能跟首长限定时间,这是其一;其二,中午宾馆接了婚宴,就意味着黄会有的会议午餐不能在这里用,难道开会和用餐还得分场地,没听说过,也不好操作,这么大的规模,转移人员就得借调多少辆大客,黄会有泄了气,想去看另一家了,嘴上却说,你们先替我们留着,我们回去汇报一下再说。那宾馆的人说,汇报还要赶回去?你打个电话不就行了。但黄会有还是走了。

又到下一家,这家星级更高,连服务生都长得跟外国人似的,可级次越高越没有大会场,便使出个昏招,建议他们分会场开会，说音像设备齐全，可以接通每个分会场的电视电话，效果比开大会还好。黄会有掉头就走，赶紧又回到第一家，可就这一个小时的时间，那餐厅改成的会场就已经被人订走了。黄会有说，你们怎么不讲信用呢，我说好要回头的。那人家说，怎么是我们不讲信用呢，你连订金都没有交，我们怎么对你讲信用。

黄会有一边着急，一边等着另外两个行动小组的消息，就怕错过电话，将个手机一直紧紧攥在手里，但偏偏这一天，手机又出奇的安静，一次也没响起来，黄会有就知道事情不靠谱了，心直往下沉。

几个小组回来一碰，情况差不多，他们还欲细细汇报，黄会有不想听了，他要的是结果，没有结果的过程，听也是白听。

老板也一样啊，老板也不要过程，也是要结果，结果黄会有什么结果也没给他，他能不着急吗？一着急，老板说，黄会有啊黄会有，你本来叫个会有多好，会有会有，什么都会有的，会场也会有，但你偏偏姓个黄，什么都给你黄掉了，会场也给你黄掉了，哪里还有呢。这么一说，气氛倒是松弛了一点，大家笑了笑，黄会有说，要不我临时改个姓吧。老板说，你改姓什么呢？大家出主意，这个说，姓尤，叫尤会有。那个说，改姓惠吧，惠会有。还是黄会有更明白老板的心思，说，不如姓铁最好，铁会有，都铁定了会有，还能没有？大家虽然笑了一笑，心里的压力却没有减轻，工作还得做，会场还得找，这才是铁定的。

搞得夜里睡觉也没睡踏实，做梦也在找会场，早晨醒来的那一瞬间，想到会场还没有落实，心里"咯噔"了一下，坐起来感觉浑身都是酥软的。其实黄会有干这活也不是一天两天了，一开始就在办公室搞行政，一直干到主任，经历会议无数，找过会场无数，这一次怎么就这么揪心呢。当即在家里就给办公室的几个人打了电话，布置任务，让大家出家门就直接找会场去，免得一会儿磨蹭到单位，再碰头，再交待，再切磋，差不多半天又过去了。

他自己这一组，是小金牵的线，赶过去一看，会场倒是有，可是没有暖气，到处冷冰冰的，里边的工作人员个个穿着棉大衣，嘴里哈白气，哪像个宾馆样子。那经理跟前跟后地说，我们有暖气的，我们有暖气的。果然暖风机的声音倒是轰隆作响，巨大无比，可是打出来的却是冷气。黄会有扭头往外走，那经理跟在屁股后面还在狡辩说，这是暖气，这真的是暖气，主任你靠近出风口试试，就是暖气。黄会有说，就算是暖气也不行，你这暖气的声音，比我们首长讲话声音还响。回头朝那经理和几个服务员看了一眼，心想，还星级宾馆呢，搞得跟殡仪馆似的。

出来朝小金瞪眼，说，穷得连暖气都打不起，还接会议？小金躲闪说，我也不知道他们经营成这样。又到一处，是个体育场所，也是小金的主意，找了全市最小的一个体育馆，可进去一看，最小也大得吓人，可坐三千人，黄会有又扭头走，那馆长说，可以用屏风隔开。黄会有也没有答他，出来就给一个哥们打电话，那哥们也是个办公室主任，这会儿肯定也在为年终的会议找会场，看能不能挪一挪，腾一腾，救他一急。

哥们一听他这话，啊哈哈一笑，说，老兄啊，我们昨天都借到动物园去啦，会场倒是合适，可是骚气熏死人啦。黄会有说，动物园怎么会有会场，他们要会场干什么？找狮子老虎狗熊开会啊？那兄弟说，两年前开全国动物大会开到他这里，借这理由拿了一块地，可地不能老空着，就建个会场，会场是假，地是真。可没想到到这节骨眼上，这会场还真派用场呢，老兄你要是不嫌骚臭，我替你联络一下。黄会有服了他，说，谢啦谢啦，我自己找吧。

后来又去了一个消防指挥中心，甚至还去了一个蔬菜大棚，一天奔波，一无所获，老板急了眼，也不开玩笑叫改姓改名了，朝黄会有说，明天再找不到你也不用来上班了。当着部下的面，黄会有下不来台，嘴凶说，不来最好，我求之不得呢。

嘴凶归嘴凶，可哪能为了一个会场就不干了呢。

一个会场而已，听起来是个小屁事，可到了这节骨眼上，真是人命关天啦。晚上黄会有回到家，胡乱吃了几口晚饭，就往床上一斜，老婆也不理他，自顾看电视，黄会有心头竟有点悲凉。过一会儿手机响了,听到小金急吼吼地说,主任主任,快看新闻综合频道,快看新闻——黄会有跳了起来,去抢了老婆手里的遥控器,调了台,看到有一个郊区的远山大酒店在做广告。小金电话又追来了,问怎么样怎么样,黄会有泄气说,就半天会议,还要跑到郊区,首长也不方便,到时候嫌远不去了,就麻烦。小金还没说话,老婆倒先说了,你看看这上面的地址,不是远郊,很近,说不定比去市里哪个宾馆还近呢。才知道老婆其实也是关心他的,心里复又暖了一暖。

急病乱投医了,黄会有当即就往这个做广告的酒店打电话,一问,果然有符合条件的会场,餐厅也有,样样具备,似乎就专等着他去开会呢。

第二天一大早黄会有就去了,路很好走,出门就上外环线,下了外环线就是,整个行程也就半个小时。地方又果然山清水秀,赏心悦目。宾馆造得别致,中西合璧,很妥帖,很有姿态,内部装修也十分养眼,既大气又典雅。黄会有不再犹豫,交了订金,就给老板打电话,老板即刻赶过来一看,十分满意,说,你看看,我一让你不干,你就干好了,牛还是要用鞭子打呀。

事情忽然就有了结果,快得让黄会有都不敢相信,但事实就是这样,事情解决了,会场找到了。

黄会有给首长秘书小陆和司机分别发了短信,告知详细线路,秘书回说,收到,放心。秘书体贴人,黄会有心头一暖。

会议那天，一早黄会有就开始和秘书保持热线联络，开始还有些担心会不会路上不顺利，毕竟是在郊区，会不会走错了道，等等，结果一切又是出乎意料的顺利，没费什么事，没绕一点路，时间掐得很准，九点差五分，首长的车到了。

老板带领全体班子成员上前迎接，黄会有在一边守着秘书，悄悄恭维说，你时间掌握得很准。秘书道，昨天来过一趟了。黄会有笑道，哦，踩过点了。才知道要想工作不出差错，应该是怎么做的，学了一招。

首长进入会场，落座，就开会了，因为快过年了，大家心情好，气氛也热烈，会场纪律也特别好，讲话发言的，内容一个比一个靠谱，水平一个比一个高。首长频频点头，表示满意。

会议顺利进行，黄会有现在是彻底放下了心思，他的任务已经圆满完成，听不听会都不重要了，他浑身松软地落座在舒适的沙发椅上，享受和体会着这个新建宾馆的高档设施，过一会，手机震动起来，他矮下身子一接，低声说，我在开会。那边"哦"了一声，挂了。一会儿又有电话来，他依然低声说，我在开会。对方说，好，我稍后打给你。几次三番后，黄会有想，就是开会的好处了，可以少接好多电话呢。

正体会着这份少有的安逸，就听到了热烈的掌声，知道首长开始讲话了。

首长也受到大家的感染，不像平时那样沉着淡定，情绪有些高昂，讲话铿锵有力，句句说在点子上。

会议掀起一个高潮。但大家知道，更高的高潮是在宴会上，除了主桌上各色人等都安排了任务，其他桌的女同志也都拣年轻美貌的早早埋伏好了，但一直不动声色，等黄有会观察到火候差不多，才开始暗示她们。

她们训练有素，不会蜂拥而上，那样太惹眼，太张扬，对首长影响不好，一个一个来，轻轻地来，像飘过来似的，过来敬首长酒，但并不要求首长喝，只是说，首长，我敬您，您随意，我干了。可首长哪能随意，说，那哪行，你干了我不干，你们要说我脱离群众啦。也干了。还不放女同志走，说，你敬了我，我不回敬，又是脱离群众，又是欺负女同志，罪加一等哦。来，我回敬你一杯，你随意，我干了。女同志哪敢随意，于是两个都干了。

如此几番，首长兴致高起来，黄会有赶紧喊服务员开酒瓶，满酒，等到又有女同志过来，首长干脆丢开了小杯，拎起酒壶，女同志笑道，首长您是令狐冲。拎壶冲过，接着又是罚点球，又是分组对抗等等。

首长下午还有一场会议，但这会儿他情绪好，兴致高，全没有下午还要去开会的样子。大家担心首长喝高了，影响了下午的会议。连一向了解首长脾性的秘书也有点着急了。但是既然首长高兴，谁也不敢让首长扫兴。那秘书只管朝黄会有瞪眼睛，黄会有两肩一耸，感觉自己像外国人似的潇洒。

他当然潇洒啦，可下午那场会议的主办者惨啦。不过最后的结果谁也没有料到，那是皆大欢喜，到了点，谁也没有去催促首长，甚至没有人向首长提醒时间，说也奇怪，那首长说站起来就站起来了，干脆利索地笑了笑，说，你们给我的任务，我完成了，时间到啦。说罢就往外走，还有几个同志正举着酒杯打算来敬酒呢，首长笑道，留着，留着，下回吧。

大家赶紧送首长到门口，首长步履轻松矫健，面带微笑，好像根本就没有喝那么多酒，一切正常得不能再正常。黄会有跟在后面不由得赞叹，首长到底是首长，久经考验，这点小酒，这点小场面，哪在话下。

首长出大厅的门，车子已经无声地滑到门口，秘书拉开车门，首长一抬腿就上车了，车子又无声地滑走。

首长走了，老板心上一块石头才彻底放下，特意走过来拍了拍黄会有的肩，也上车走了。

黄会有留下善后，算账买单，一切手续办妥后，那宾馆经理还想拉回头客，拍黄会有马屁说，黄主任，我们这地方风景很好，不如陪你看一看？

陪着黄会有出来，黄会有放眼去看看四周的湖光山色，不由感叹道，哎——真是个好地方。

那宾馆经理候在一侧，赶紧说，是呀是呀，我们这是深藏闺中人不识。黄会有笑道，今天倒给我们见识了一番哦，只可惜了首长和我们家老板，光顾着开会，连这么好的景色都没时间欣赏。

众人沿着山路,沐浴着暖冬的阳光和微风,慢慢地走一走,黄会有又发感叹说,青山绿水,绿水青山。经理紧扯住话题说,主任要是喜欢,就在我们这里多住几天。黄会有叹道,多是多少天呀,住几天,还是得回去呀。经理又说,要不,我们给您留一间长包房。黄会有说,我不要被老板骂死。说到个死字,忽然就一笑,说,哎,你倒启发我了,活着不能在这里住,死了住过来也挺好嘛。

知道是调侃,却没有人接话茬,因为不知道怎么接,是说他说得对呢,还是说他说得不对,只有那宾馆经理话多,赶紧又凑上前说,主任真是好眼光,我们这地方——下面的话还没出口,大家已经"哎哟"了一声,停了下来,他们已经走到了山弯处,赫然的,弯弯的路边,竖着一块巨大的路牌。

路牌上画了一个大大的箭头,箭头下面四个大字:远山公墓。

跨过这个路牌,转过这个山弯,远山公墓就一览无遗了。

山这边是一片绿,山那边是一片白。黄会有放眼望着那白花花的一大片,顿时愣住了,愣了片刻,冒出一身冷汗,惊恐地想,幸亏首长走了,幸亏老板走了,如果现在站在这里的是首长或者是老板,那岂不是完了蛋?

一起跟了来赏景的一位女同事却笑了起来,说,哟,这么大的公墓,我还是头一次见到呢。

那饶舌的宾馆经理以为大家有兴趣，赶紧上前介绍说，主任，远山公墓是本市最有规模也是规格最高的公墓，许多有头有脸的人都——黄会有奇怪说，你做宾馆的，怎么还连带推销公墓？经理高兴说，一家的，本是一家的。黄会有心有余悸地呛他说，那是，活着开会和死了休息，本来就是一条龙服务嘛。

知道自己口气有点重了，这事情本来怪不着他们，是他自己找来的嘛，于是笑了笑，口气放宽松了说，我说呢，怎么这个地方这么安静，这么和谐，空气这么清——一个"新"字没说出口，手机响了，一看是小陆秘书打来的，当下心里就一紧，赶紧问陆秘书什么事。秘书说，首长已经进下午的会场了，我抽空给你打一下，你小子有本事，搞这么个会场让我们来开会啊。黄会有心里"咯噔"了一下，一颗心一边往下沉，一边还存着一点侥幸试探说，怎么，怎么，不好吗？秘书道，好呀，背靠公墓，怎么不好啊。黄会有直冒冷汗，但仍然还有一丝丝侥幸，说，首长不知道吧？秘书说，怎么会不知道，有什么事是他不知道的。那一瞬间，黄会有感觉有什么东西"嗖"了一下，知道是灵魂出窍了，似真似幻时，忽然听到秘书笑了起来，说，黄主任，别紧张，我这会儿就是给你转达首长的意见，首长很喜欢你们今天的会场，说了，如果以后你们还在那儿开会，他争取再来。黄会有摸不着底，试探着说，是，是呀，这是五星标准的——秘书打断他说，不是标准的问题，是因为宾馆后边就是远山公墓，他父母就在那里，如果今天下午没会议，他想去看一看父母的，可惜又有会议，所以，下次吧。电话就挂断了。黄会有手里抓着手机，有些迷惑，似乎都不知道此时自己身在何处了。

小金因为处理剩余酒水之类的杂事耽搁了时间，他是最后一个追上来的，追到黄会有身边，朝庞大的公墓看了看，说，我有个同学，就葬在这里。黄会有还没从秘书的电话中回过神来，旁边那女同志却说了，小金，你同学，才几岁啊？小金有点感伤，说，是得了病，从发病到去世就没几天。又说，我一直想来看看他，一直没来，有时候夜深人静，会想起他。

那女同志说，今天倒是个机会，你要不要去看看他？宾馆经理又赶紧上前问道，你要看的这个人，在几区几排几号？小金说，我没来过，说不出来，只是听说他在这里。宾馆经理说，这好办，我陪你到公墓管理处查一查登记册。

于是到公墓管理处去翻名册，结果却没有翻到。小金说，没翻到就算了吧，也许是我记错了。可管理处的主任着了急，就不相信自己的公墓里就没有这么个周见橙，又将那名册重新翻起来，一边翻，一边念叨，张三李四王五，念得大家心里忽悠忽悠的，怕有个和自己名字一样的人躺在这里。

管理处主任这个办法还真有效，当他念到一个叫周建成的人名时，小金说，就是他吧。上前看了看名册，说，周建成——周见橙，音同的，我这同学名字比较特殊，上学的时候

209

大家就常常搞错。

大家跟着小金去看周建成，小金赶紧说，你们不用去的，我一个人去看看就行了。再说了，也不知道到底是不是他呢。大家不说话，见黄会有跟着，就都跟着，跟到那地方，又随着小金一起，朝周建成恭恭敬敬地鞠了三个躬。

黄会有的手机又响了，对方是个大嗓门，在安静的墓地里显得特别刺耳。黄会有不由自主地压低了声音说，我是黄会有，你哪位？那边一听，立刻明白了，说，哦，你在开会，不打扰你开会，稍后再打给你吧。

2011 年

哪年夏天在海边

去年夏天在海边我和何丽云一见钟情相爱了。

我们算是同事，又不算同事。我们都供职于一家大型国企，从这一点说，我们是同事。但是国企的总部在北京，我们不在北京，而在各自不同省份的分公司，这么说起来，我们又不是同事。在去年夏天到海边之前，我们根本就不认识，甚至不知道对方的存在。但我们之间有一点是相同的，我们都是各自公司里的精英、佼佼者，要不然，我们就不可能享受总部分配给每个分公司的海边休假的待遇。

就这样，去年夏天，我们在海边相遇了。

其他诸省分公司的人，明明将我们的事情看在眼里，但他们不会说三道四，他们和我们一样，都是有素质的人，更何况，也许他们自己也有着类似的情况呢。毕竟谁都无法否认，夏天，海边，休假，这是催生婚外情的最合适的因素呵。

我们如胶似漆地度过了这个假期，但是我们心里明白，只有这十天时间是属于我们的，十天以后，我们就分道扬镳，从此天各一方，很可能一辈子都不再见面。这是我们相爱的前提。因为我们都是有家室的人，都有优秀的配偶和孩子，都有体面的光鲜的家庭和事业。我们都不会因为一次露水情而毁了自己艰辛打拼多年才得到的一切。

可是，许多事情不以人的意志为转移，到了分手的前夜，我们才发现，我们已经无法分手了。我们又不是机器人，可以随意开关。机器人有时还不听指挥呢。

那天晚上，我们静静地躺着，何丽云给我说了一个故事，是她的母亲讲给她听的。有一位女子，从年轻的时候开始，每年秋天到远离家乡的一个小镇的小旅馆，和情人相会三天，然后回到自己的生活中，一年中没有任何联系，明年再来。这样的日子一直延续到她老去。老年的她，仍然每年去那个小镇，他也同样。直到有一年，他没有再来。她并没有去打听他的情况，仍然每年都去，像从前一样度过每年完全属于自己的三天。

说了这个故事后，她沉默了，我也沉默了。最后我问她，是你妈妈的故事吗？她说不是，是母亲读过的一个外国小说。

于是我们决定，照着别人的小说展开自己的故事。

为了等待明年的这一天，为了不影响我们现在所拥有的一切，我们一起删除了对方的所有联系方式：手机号码、单位电话、电子邮箱、通讯地址，等等。也就是说，在明年的这一天之前，我找不到她，她也找不到我。

这一天终于来到了。今天就是这一天。

今天的一切，都是那么的顺利，订机票，打的三折，出发去机场，一路畅通，好像今天红灯全部关闭、绿灯全部为我开放了。飞行过程也很好，没遇上什么气流，飞机不颠簸，机上的午餐也比往日可口。下飞机打车到宾馆，司机开得又稳又快，据他自己说，只用了平时一半的时间。

虽然时隔一年，但我记忆犹新，熟门熟路到总台，事先预订了房间，不会有问题，我想要入住517房，给我的就是517房。

拿到钥匙后，我没有急着去房间，在总台前稍站了一会儿后，然后忍不住问了一下，515有没有客人入住。

值班员到电脑上一查，冲我笑了一笑说，入住了。

我脸上一热，好像她知道我的来意，知道517和515的故事。

其实是不可能的，那是在我自己心底里埋了一年的秘密。

我没有再打听515房间的情况。

上电梯，过走廊，进房间，放下简单的行李，我去卫生间刮胡子，其实出门时已经刮过胡子，我又重新刮了一下，洗了脸，换了衣服。

这是去年夏天来海边时穿的衣服，这一年中，我都没有再穿它，小心地将它叠在衣橱里，一直到今天出门来海边。

一切的准备，在无声的激动中完成了，我按捺住心情，走出517，过去按了515的门铃。

无声无息，门却迅速地打开了，和我的脸色一样，开门的女士一脸的惊喜，但也就是在这一瞬间里，我们俩的脸色都变了。

她不是何丽云。

很明显，我也不是她正在焦急等候的那个人，一眼看清了我的模样后，她的笑容顿时凝冻住了，眼睛里尽是失望和落寞。

说实在的，我被她的眼神伤着了，我知道，其实我的眼神也一样伤着了她。我有点尴尬，赶紧往后退了一步，说，对不起，对不起，我敲错门了。

女士礼貌地点了点头，也往后退了一步，关上门。

我回到自己房间，心思一时无处着落，阳台的门敞开着，微风吹进屋来，阳台上有藤椅，我想坐到阳台上去，可是我的阳台和515的阳台是连在一起的，中间只有一道矮矮的隔栏，如果515那位女士也上阳台，我们就会碰见。

我不想碰见她，所以没有上阳台，只是到靠近阳台的沙发上坐下，点了一支烟，望着远处的大海，慢慢沉静下来。

515住的不是何丽云，并不意味着何丽云就不来了。我有一个星期的假期，我有耐心等她，也有信心等她。

在苦苦守候的一年中,我们双方音讯全无。我有好多次想打听她的消息,最终还是忍住了。她也和我一样,严守诺言,始终没来找我,我们一起用自己的努力工作,等待着今年的这一天。

今年是我们的头一个年头,我相信她会来。

我特意提前一点到餐厅,去预订去年我们常坐的那个位子,结果发现,住在515房间的女士已经先占了那个座,我犹豫了一下,没好意思提出换座,挑了旁边的一个双人座。

看得出来,她也在等人。

用餐的人渐渐多起来,不一会儿餐厅就满员了,有人站在那里到处张望找位子,服务生忙碌地穿梭着,四处打量,看到我和515那位女士的双人座上都空着一个位子,过来和我们商量,想请我们合并为一桌。

我们不约而同说,不行,这个位子有人。

我们像是相约好了似的,继续等待,又像是约好了似的,一直都没有等到。服务生来了又走,走了又来,始终彬彬有礼,一点也没有不耐烦,最后倒是我不好意思了,只得招呼服务生点菜。

我点了何丽云最喜欢的海鲜套餐,这期间,我下意识地瞥了515那位女士一眼,发现她也在点餐了,她点的是牛肉套餐。

牛肉套餐是我最喜欢的。

她也和我一样，在等一个人，这个人和我一样，喜欢牛肉套餐。

我们都点了别人喜欢的菜，但是喜欢吃这道菜的人，最终也没有来。

我吃掉了为何丽云点的晚餐后，有些落寞地到海滩去散步，又遇见了515的女士，也是一个人在散步。

两个人的行动如出一辙。

既然躲不开，我上前和她打个招呼，她也落落大方，朝我笑了笑，说，我们住隔壁。我说，我姓曾，叫曾见一。她说，我姓林，叫林秀。

和和气气的，我们擦肩而过了。

虽然心怀失落，却是一夜无梦，早晨醒来的时候，更有些沮丧，心想，竟然连个梦也不给，够小气的。

我没有去餐厅吃早餐，叫了送餐，二十分钟后，早餐送来了，我开了门，看到一辆送餐小车停在门口，车上还有另一份早餐，餐牌上写着515。我好奇地看了一下那位林秀女士要的早餐，一份麦片粥，一杯热牛奶，一份煎鸡蛋，一小盘水果。和去年何丽云要的早餐完全一样，我目睹服务员将早餐送进了515，心里的疑惑像发了芽的种子，渐渐地长了起来。

上午是下海游泳的最佳时间，不晒人，我到沙滩的时候，林秀已经来了，不过她没有换泳衣，只是坐在遮阳伞下，也没戴墨镜。在这样的沙滩上，不戴墨镜的人非常少。

何丽云也不戴墨镜。去年夏天在这里，我走过的时候，看到她独自坐在遮阳伞下，一个人静静地望着大海。

我下海后，回头朝沙滩上看，林秀就一直静静地坐在那里，看着海里游泳的人，连她端坐的姿态也和何丽云十分相像。

可她为什么不是我朝思暮想牵肠挂肚等了整整一年的何丽云，而是一个陌生的女人？

下午，我忍不住坐到自己的阳台上去了，我感觉林秀也会在那里，出去的时候，她还没在，我刚刚在藤椅上坐下，她就出来了，看到我在阳台上，她并不惊讶，好像预感我会在那儿，我们互相笑了一下，隔着矮矮的镂空的围杆，两个人就像在一个屋子里。

我开始说话，从昨天晚餐以后，我就开始酝酿了，现在我终于要说出来了，我把自己去年夏天在海边的故事，把自己和何丽云的故事，从头到尾点滴不漏地说给林秀听。

林秀一直静静地听着，没有打断我，也一直没动声色，一直到我说完了，她仍然一动不动地坐着。

完了，我想。

可就在这一瞬间，我忽然看到她的五官都变了样，她的表情夸张到令我感到恐惧，身上竟然起了一层鸡皮疙瘩。

她"忽"地站了起来，她的柔和的声音忽然变得十分尖利。

你是谁？

你怎么知道这件事情？

你为什么要打听我的私事？

起先我被她突如其来的质问搞得一头雾水，手足无措，但是很快我反应过来了，理清了思路，一旦思路清晰了，我立刻被更大的恐惧制住了。

林秀并不需要我的回答，她说，我知道了，是他的太太让你来的。

虽然她的话没头没脑，但是我能听懂，我心里很清楚，她碰到的事情和我碰到的一模一样。

林秀没有给我更多的时间思考，她开始说话了。

她细说了自己一年来的思念。她说自从去年夏天在海边发生了婚外情以后，这整整一年的日子，都是为了这一天。可是最后他却没有来。

我和林秀，素不相识的，狭路相逢的，两个陌生人，合作完成了同一个故事，一个完整的故事，我讲的是上半段，她讲了下半段，配合得天衣无缝。

我再也坐不住了，回进房间，立刻拨通了管伟的手机，管伟那边声音嘈杂，只听得管伟大声说，你等等，我出来接。

我把这个事情尽可能简单地告诉了管伟，管伟听了一半，就"啊哈"了一声，说，你下手快嘛，一次休假就钓上了。我没有心思说笑，说，你马上帮我去打听一下何丽云到底在哪里。管伟说，你这位何丽云是哪个分公司的？我说，四川分公司的，你现在就打电话。管伟说，曾哥，你在海边享受得昏头了吧，今天是周日，哪里找得到人，你以为我是中央情报局啊。话虽是这么轻飘飘的，但毕竟是我的铁哥们，哪能不知道我着急，又赶紧说，你放心，明天一上班我就替你找，今天晚上，你就安心地享受月光沙滩海浪仙人掌吧。

管伟果然给力，第二天上午九点刚过，电话就来了，可惜他的消息不给力，四川分公司根本就没有何丽云这个人。我说不可能，我怀疑你根本就没有去打听。管伟说，曾哥，这可是人品问题。我又问，你托谁去打听的，这个人可靠吗？管伟说，吕同，可靠吧？我说，吕同怎么和四川分公司有往来？管伟说，你不知道了吧，他和那边总办的姐们有意思，噢，对了，据说也是哪年夏天在海边度假勾上的，凭这么密切的关系，就错不了。

我说，你马上找吕同要那姐们的电话告诉我。管伟说，早知道你会来这一招，早替你要来了，你自己找去吧。报了那个办公室女士的号码和名字，最后嘀咕一句，什么夏天在海边，蒙谁啊。我说，你说什么，你什么意思？管伟说，我没什么意思，联系方式你也有了，有本事你自己找去吧。

我让自己冷静了一会，才把电话拨过去，听到一个爽朗的女声说，哪位？我说，我是吕同的同事，我叫曾见一。那姐们笑了起来，说，今天怎么了，吕同和他的同事排了队来找我。我说，无论是吕同还是管伟，都是我请他们帮忙的。那姐们说，我已经知道了，你要找一个叫何丽云的，可是我们分公司确实没有这个人啊。我说，去年夏天，总部给每个分公司一个去海边休假的名额，你们四川分公司是何丽云去的。那姐们怀疑说，不会吧，我查了近三年的公司人员名单，没有何丽云——这姐们是个热情的人，知道我心急如焚，又赶紧说，这样吧，你稍等一等，我再到人事部替你仔细查一下，等会再回你电。

通话戛然而止，四处一点声音也没有，夏天的海边真安静。接下去又是等待，是再等待。其实我不再抱有希望，我几乎彻底失望了。去年夏天在海边的那个人、那个何丽云，到底是怎么回事呢，是假的，是骗子，或者根本就没有这个人，是我自己的幻想？无论真相是怎样的，我都想要丢开它了。

偏偏那边的电话很快就回过来了，那姐们告诉我，四川分公司从前确实有个何丽云，但是三年前出车祸去世了。我惊愕不已，愣了半天，才结结巴巴问道，她，那个何、何丽云，去世前，公司有没有安排她到海边度过假。那姐们说，这个我也问了，是有过的，就是度假回来不久就遇上了车祸。那姐们很善解人意，料定我还会追问，主动说，她走得突然，一句话也没有留下。我再也说不出一句话来，和她走的时候一样，太突然，一句话也没有。

我觉得自己快要疯了。我要联系何丽云，无论是死是活，我都要联系上她。可是我早已经去除了关于她的一切联系，一切可能找到她的方法都被我自己丢弃了。当初我们相信爱情，相信时间，把一切交给了时间，但是最后时间却无情地抛弃了我们，残害了我们。

我跑到阳台上，林秀不在，我隔着阳台喊了一声，林秀应声出来，我们两个面对面地站着，我劈面就说，你认得我。林秀笑了一笑说，你告诉过我，你叫曾见一，准确地说，两天前我认识了你。我急了，说，你不叫林秀，你就是何丽云。林秀说，你什么意思，谁是何丽云？我说，你为什么要骗我？你是不是整了容？你为什么要整容？林秀又笑了起来，她揉了揉自己的脸皮，说，我整容，你从哪里看出来我整容了？见我不说话，她回屋去拿了一张身份证出来，朝我扬了扬，说，这是我好多年前拍的照片，你看看，我有没有整容。又说，有个韩国电影，妻子为了考验丈夫是不是真心爱她，去整了容，回来丈夫不认识她，她说出了真相，丈夫却不再爱她了。

我逃离了阳台，逃出了517房间，一路往海滩跑，路上我看到一个摄影师正在冲着我微笑，我在疑惑中隐约感觉到什么，赶紧问他，你为什么冲我笑，你认得我吗？摄影师说，不能说认得你，只能说见过你，去年夏天在海边，我给你和你太太拍过一张照片——当然，是在你们不知情的情况下。我说，我和我太太？摄影师说，也许，她不是你太太，是女友吧，总之是一位优雅的女士。我像落水的人抓到了最后一根稻草，追问说，是去年夏天吗，你确定是去年夏天吗？摄影师说，应该确定的吧，总之是夏天，是在海边，这错不了。我说，照片呢，给我看看。摄影师说，以前拍的照片，我不可能随身带着，我回去找找看。我却无法再等待，迫不及待地问，你说的我的那位太太，或者女友，她长得什么样子？摄影师笑了起来，说，奇怪了，你自己带着的女人你不知道她的长相吗？再说了，我一年要给多少人拍照，怎么可能全都记住他们的长相呢。我说，你既然记得住我，为什么记不住她呢？摄影师说，我只对比较特殊的事情有特殊的记忆，比如说，长得比较特殊的人，我才会过目不忘。我不解，说，我长得特殊吗？摄影师说，你的长相并不特殊，但是你的眼睛和别人不一样，特别不一样，所以我记住了你。我不知道自己的眼睛有什么与众不同，但此时此刻我只能相信摄影师的话，我别无选择，我要从他那儿探出哪怕是点滴的信息。我说，你不征求本人的意见就给人家拍照？摄影师说，我只是拍照而已，又不拿出去展览，不用于商业用途，更不出卖给别人——他停顿一下，又说，其实我也不想这样，我看到美的画面就想拍，但是大部分人是不会同意我拍他们的，因为，因为——他笑了一下，因为什么你应该知道。

我当然知道。

摄影师最后感叹了一声，说，更何况，从艺术的角度看，只有在不知情的情况下，拍出来的效果才是最真实最美丽的。

摄影师说得没错，可是在我这儿，却出了差错，最真最美的东西消失了，现在唯一的希望就在摄影师的照片上了。摄影师说，你放心，我回去就找，如果我找到了，明天上午我会放在总台上。我说，你知道我住哪个酒店？摄影师说，嘿，在海边待的时间长了，能够分辨出来。你住的那个酒店，我也替好多人拍过照片。都寄放在总台上，大部分人都将照片取走了。

我回到宾馆，昏昏沉沉正要睡去，我的导师吴教授忽然推门进来了，我一见导师，喜出望外，赶紧求救说，老师，老师，你帮帮我。我导师淡然地朝我看了看，说，你出问题了。我说，我是出问题了，可我不知道问题出在哪里。我导师说，你的程序出差错了。我摸不着头脑，诧异地问导师，我的程序？我的什么程序？我导师说，三年前，是我给你设计的程序，我太过自信，还以为是世界一流的程序呢，方方面面都考虑周全了，却在婚外恋这一块上马失前蹄，我只给你设计了一次婚外恋，你超出这一次婚外恋，程序就错乱了——当然，这也不能完全怪你，是为师的三年前远见不够，现在看来，我们的预测远远赶不上发展的速度啊。我委屈地叫喊起来，没有，没有，我只有一次，就是何丽云，可是，可是她却——我导师打断我说，你不用辩解，你的错乱，足以证明你突破了设定的程序，而且还是程度相当严重的突破，这套程序有自我修复的能力，如果是一般程度的混乱，它完全能够自我调整。我越听越觉得不可思议，大声抗议说，老师，一定是你搞错了，我又不是机器人，我怎么会有程序？我导师微微一笑，说，你去看看你的眼睛就知道了。我想起那个摄影师也说过我的眼睛奇特，赶紧去照镜子，结果果真把自己吓了一跳，我的眼睛闪耀着五彩缤纷的光亮。我导师坐到电脑前捣鼓了一番，重新设计了程序，回头问我，现在，新的三年开始了，你是清零以后重新开始新三年呢，还是在前三年的基础上延续第二个三年。我想了想，说，还是不要清零吧，我总得把那些搞乱了的事情想起来才好。我导师说，当然，各有各的好处和坏处，你不清零，就得背负着前三年的种种痛苦、后悔、迷茫，等等，当然也有幸福、快乐、成就，等等。如果从零开始。虽然一身轻松，却是什么积累也没有，你想好了？我说我想好了。我导师果断敲了一下回车键——"咔嗒"一声巨响，把我惊醒过来了，外面电闪雷鸣，才知道是做了一个白日梦。

我忍不住去敲隔壁515的房门，林秀开了门，我朝里一看，她正在准备行李，我说，你要走了？林秀还没来得及回答，房门就被撞开了，冲进来一群穿白大褂的人，上前摁住林秀就绑，林秀也不挣扎，很镇定地任凭他们摆布。倒是我看不过去了，上前阻挡说，你们干什么，你们找错人了。那些人也没把我放在眼里，说，抓的就是她，谁也别想从精神病院逃走。林秀朝我笑了笑，说，他们没错，抓的就是我。我急道，错了错了。医生说，错不了，烧成灰也认得她。我嘀嘀咕咕说，她没有病，她，她是，她是——她到底是什么，我到底也没说得出来。

那些人听到我嘟哝，都回头看了我，其中一个说，怎么会有这么多精神病跑到海边来了。另一个说，不是从我们那里逃出来的，不关我们的事。

他们带着林秀走了。

我回到自己房间，开始收拾行装，意外地发现茶几上有一块标着号码的牌子，我不知道这是怎么回事，打电话叫来一个服务员，服务员是个爱笑的女孩，拿起那块牌子看了看，笑着说，好像是附近一家精神病院的工牌。我说，怎么会在我房间里？那女孩只管朝我笑，不回答。我说，你误会了，我不是逃出来的精神病人。那女孩又笑，说，从精神病院出来的，不一定都是病人，也可能是医生哦。

退房的时候，我抱着最后一线希望向大堂值班经理打听有没有照片留给我，值班经理说没有。我说，海边的那位摄影师没有来过吗？值班经理说，海边的摄影师早就离开了。我说，是那个喜欢拍情侣照的摄影师吗？经理说，是呀，几年前他拍了一个女孩和情人的照片，结果被跟踪而来的情人太太发现了，抓到了证据，女孩跳海自杀了，摄影师从此就失踪了。

我顾不得惊讶，赶紧跳上出租车往机场飞奔而去。

在飞机上，我随手翻了翻画报，看到一条内容，标题是：人的大脑有无限的潜能吗？内容如下：人类大脑未开发的部分达80%至90%。化学药品能够激发大脑进行记忆和处理信息的功能，或令思维变得更加敏捷。喝咖啡和能量饮料的人清楚这一点。

我正在喝咖啡，但是我知道，它不能告诉我，到底是哪年夏天在海边。

飞机颠簸起来，遇上气流了。

2011 年